suhrkamp taschenbuch 4418

Als *Spiegel*-Redakteur gehörte Stefan Berg zur Leistungselite, wie sie im Buche steht: dynamisch, männlich, erfolgreich. Doch dann kam der Schock: Morbus Parkinson. Zunächst lächelte er über die Diagnose. Parkinson, das klang nach Altenheim und Rollator. Bis ihn die Krankheit im Alltag einholt, an der Kasse im Supermarkt, beim Zubinden der Schuhe, mitten im Gespräch. – In *Zitterpartie* erzählt Stefan Berg die Geschichte eines Mannes, dessen Leben durch die Krankheit aus den Fugen gerät, und von einer Frau, die ihm dabei begegnet. Langsam kommen sie sich näher, bis sie feststellen, dass ihre Leben sich erstaunlich ähneln.
Stefan Berg hat ein mutiges, zartes, ein kämpferisches Buch geschrieben. Er erzählt vom neuen Leben mit einer unheilbaren Krankheit, von den Blicken der anderen und vom ungebrochenen Lebenswillen zweier Menschen, die sich nicht unterkriegen lassen.

Stefan Berg, geboren 1964 in Ostberlin, ist Journalist beim Spiegel. 2008 wurde bei ihm Morbus Parkinson diagnostiziert.

Stefan Berg
Zitterpartie

Eine Erzählung

Suhrkamp

Erste Auflage 2013
suhrkamp taschenbuch 4418
Lizensierte Taschenbuchausgabe

Satz: Hümmer GmbH, Waldbüttelbrunn
Druck: CPI – Ebner & Spiegel, Ulm
Umschlaggestaltung: Göllner, Michels, Zegarzewski
Umschlagfoto: Anne Schönharting/OSTKREUZ
Printed in Germany
ISBN 978-3-518-46418-2

Zitterpartie

Für Marlis

Der Tag, an dem er jene Veränderung bemerkte, die er später eine und noch später seine Krankheit nennen würde, endete in einem schönen Sommerabend. Er saß fernab seiner Heimatstadt auf einem Podium, neben ihm ein Politiker, vor ihm hunderte Zuschauer. Er nahm das Mikrofon in die linke Hand, er wollte die erste Frage stellen, aber das Mikrofon wackelte.

Schon seit dem frühen Morgen war er unruhig gewesen, unruhiger als sonst vor solchen Veranstaltungen. Aufgeregt war er durch die Stadt gelaufen, hatte den Weg verfehlt, war zurück zum Hotel geeilt, war noch einmal losgelaufen. Mehrmals hatte er vor Beginn der Diskussion seine Garderobe kontrolliert. Nun zitterte die Hand, was heißt zittern, sie flog, sie hatte sich regelrecht selbständig gemacht. Um ein Haar hätte es den Gesprächspartner erwischt. Das Mikro stoppte kurz vor dessen Kinn. Schade wäre es nicht um ihn gewesen. Zu seiner Linken saß einer dieser Politiker, der vor Publikum lustvoll die Wahrheit der Pointe opfert.

Das Mikro vibrierte lange unter dem Kinn seines

Gegenübers. Aber dann riss er sich zusammen. Er nahm das Mikrofon in die Rechte, steckte die Linke unter dem linken Oberschenkel fest. Und machte weiter. Er schaute gegen das Licht in den Saal und stellte die erste Frage. Niemand hatte etwas bemerkt. Auch nicht die stämmigen Sicherheitsleute mit den Kabeln am Ohr, die den Gast begleitet und den Blick auf ihn bei dessen Eintreffen versperrt hatten.

Er atmete tief durch.

Alles war gut?

Nichts war gut.

Die Hand tat weh. Dieses Zittern, diese Aufregung, diese Angst, dieser Schweiß, das alles war neu in seinem Leben.

An dem Tag, an dem er jene Veränderung bemerkte, stand sie lange auf dem Balkon und blickte über die Stadt. Ein wenig Wind machte die Wärme erträglich. Dennoch konnte sie die Abendsonne nicht genießen, die den grauen Häusern leuchtende Farben verpasste. Sie wartete. Er hatte sein Telefon ungewöhnlich lange abgeschaltet. Sie war beunruhigt. Erst spät in der Nacht rief er an. Später schien es ihr, als hätte sogar das Handy anders als sonst geklingelt. Seine Stimme war seltsam aufgekratzt, seine Sicherheit schien diesmal gespielt.

Sie kannten sich erst wenige Wochen, aber sie hatte schon immer die Fähigkeit gehabt, selbst kleinste Stimmungsschwankungen wahrzunehmen. Und sie nahm etwas wahr. Und fragte. Nein, er habe nicht getrunken. Nein, es sei alles in Ordnung. Wirklich. Sie solle ihm glauben. Aber seine Stimme erinnerte sie an eine Lampe, deren Stromzugang schwankt. Irgendein Wackelkontakt war da. Er gab etwas zu sehr an. So kannte sie ihn nicht. Er sagte, er hätte seinen Gesprächspartner beinahe erlegt. Stell dir vor, diesen Gaukler. Ja. In die Geschichte wäre er eingegangen, prahlte er. Mindestens. Sie wollte noch mehr Fragen stellen, aber sie hörte das Schließen der Wohnungstür. Sie werde morgen früh …, wollte sie sagen. Aber kam nicht mehr dazu. Sie musste auflegen.

Als die Krankenschwester ihn aufforderte, ihr zu folgen, wurde er aus der Erinnerung an jenen Moment auf dem Podium fernab seiner Heimatstadt gerissen. Sie zog ein kleines graues Wägelchen hinter sich her, auf dem ein noch kleineres, ebenfalls graues Beton-Tönnchen stand. Es wurde transportiert wie eine Schatzkiste. Ihn amüsierte die Szene, Wörter gingen ihm durch den Kopf, Restmüll, Atombunker, Schutzmaske, Tschernobyl. Ahmadinedschad nannte er die Schwester. Ihre Schuhe klackten auf dem Boden, das Geräusch erinnerte an das gleichmäßige Tacken eines Geigerzählers. Dann musste er seinen linken Arm frei machen. Frau Ahmadinedschad öffnete das Kästchen, in dem zwei kleine Spritzen mit radioaktivem Material steckten. Diese Ladung Atomwaffen war also für ihn bestimmt. Sie setzte die Nadeln nacheinander an.

Wenig später musste er sich auf eine Bank legen, Sekunden danach kreisten vier große Platten lärmend um seinen Kopf, angeblich Kameras. Er sollte ganz still liegen, ja nicht wackeln. Die Schwester hatte seinen Kopf in eine Vorrichtung gezwängt, eine Art Käfig. Es ratterte um ihn herum, als sollte sein Gehirn nicht fotografiert, sondern gepresst oder zerhackt werden.

Er kannte noch nicht den Namen der Krankheit, die er hatte und die ihn hatte. Aber er spürte in diesem Moment wieder, dass sich etwas zu ändern begann. Sein Körper zitterte nicht, aber seine Gedanken sprangen hin und her. Bilder tauchten auf, Menschen, Worte. Dann verschwanden sie wieder.

Namen.

Angst.

Worte.

Immer wieder. Das Rattern der Maschine über

ihm zerschnitt seine Gedanken in Gedankenfetzen.

Verdammt. Nun zitterte auch sein Körper. Diesmal war es die Aussicht, dass jemand mehr über ihn wissen würde als er selbst, die ihn in Unruhe versetzte. Diese Ärztin. Sie würde die Spuren der Strahlen deuten. Mein Gehirn gehört mir, schoss es ihm durch den Kopf, als das radioaktive Zeug in ihm seinen Lauf nahm. Später deutete er solche Momente als Beginn einer Wandlung, für die er anfangs kein Wort fand.

Es dauerte, bis die Aufnahmen seines Gehirns fertig waren. Wie lange? Er hatte in der Klinik das Gefühl für die Zeit verloren. Zu lange dauerte es ihm jedenfalls. Eine Ewigkeit. Er stand im Wartezimmer dieses Atomlabors, an dessen Wänden Fotos und Schaubilder von den jüngsten Erfolgen der Nuklearmedizin prangten. Wie Trophäen hingen da zerstörte Tumore und verstrahlte Zellen. In komplizierten Texten wurden die nuklearen Angriffe auf Krebszellen skizziert. Eine seltsame Präsentation der Heilkraft durch Zerstörung in einer ebenso seltsamen Sprache, in der medizinisches und militärisches Vokabular auf merkwürdige Weise fusioniert waren. Tod und Leben waren von Menschen in ein Bündnis gezwungen worden.

Nichts ist unmöglich.

Wie eingesperrt in einem Käfig lief er auf und ab. Er konnte nicht sitzen. Er war unruhig, weil er sein Telefon nicht anschalten durfte. Ausgerechnet jetzt. Wo er doch auf eine Nachricht wartete. Von ihr.

Er hatte sie vor wenigen Wochen auf einem Empfang kennengelernt. Ein Zufall, zwei Gläser Sekt, Blicke, die Handy-Nummer, dann folgten Verabredungen. Ihre Augen waren ihm gleich aufgefallen. Er dachte, er hätte sie etwas zu lange angeschaut. Sie hatte dunkle, tiefschwarze Augen, in denen man sich spiegeln konnte. Was für ein Augenblick, hatte er gedacht. Und dachte es jetzt wieder. Er wartete auf die nächste Nachricht von ihr, die ihm gewiss eine dieser unerwarteten Erektionen bescheren würde. Selbst hier im Wartezimmer.

Er sah sich um. Überall alte Leute. Eine Wartegemeinschaft von maladen Menschen. Was habe ich hier verloren?

Und worauf warten die alle? Fragte er sich. Eine eigene Zeitrechnung gab es hier, jeder dachte nur bis zum nächsten Aufruf durch den Arzt. Einige zuckten, wenn sie ins Sprechzimmer gebeten wurden. Für die Tür, durch die alle gehen mussten, suchte er ein passendes Wort. Er fand keines.

Eine Frau sprach ihn an und bat ihn, ein Taxi zu rufen.
Ihr Kopf wackelte.
Das Taxi kam, er brachte die zitternde Frau auf die Straße. Sie konnte die Tür des Autos nicht öffnen, er half, dann fuhr das Taxi davon. Sie winkte aus dem Wagen, so glaubte er einige Sekunden, er winkte zurück. Dann sah er, dass sich ihre Hand wie von selbst bewegte.
Wäre sie ein Baum, sie hätte jedes Blatt längst abgeworfen.
Er ging wieder hinein in die Klinik. Ich bin im Endlager gelandet, dachte er, und niemand da, der sich aus Protest ankettet. Das Wort Gorleben fiel ihm ein.

Er war gestolpert, ein kleiner Ausfallschritt, und sie hatte Sekt aus seinem Glas abbekommen. Auf diesem Empfang, zu dem sie ohnehin nicht gern gegangen war. Sie mochte solche Veranstaltungen nicht, die von ihren Freunden Events genannt wurden. »Events« war das passende »Wording«. Nur einer Freundin zuliebe war sie mitgekommen. Die Freundin war klug, sie war sogar sehr klug, aber diese Freundin fand sich nicht attraktiv genug, sie musste eine starke Brille tragen, die Hüften hatten Schwung für zwei. Ihre Begleitung würde die Aufmerksamkeit auf sie lenken, zumindest indirekt, zumindest dachte die Freundin so. Es blieb unausgesprochen. Wahrscheinlich hatte sie recht.

Sie selbst fand diese Blicke unangenehm. Sie fühlte sich unwohl in der Rolle des Lockvogels, und außerdem wollte sie nicht wie ein entflohenes Wild aus dem Tierpark bestaunt werden. Eine Schwarze, wie exotisch. Sie kannte die Blicke.

Sie wollte fast gehen, als sie diesem Mann gegenüberstand, er wirkte etwas unbeholfen, ein Glas in der Hand, mit der anderen Hand stützte er sich an einem Regal ab. Oder hielt sich fest, sie wusste es nicht genau. Es schien, als balancierte er. Fast den ganzen Abend hatte er dort gestanden.

Er gaffte nicht. Er grüßte eher beiläufig und desinteressiert. Sie erwiderte den Gruß genauso beiläufig. Nicht viel mehr als ein Kopfnicken, dazu ein kaum hörbares Hallo, an das sie oft denken musste, wenn sie allein auf ihrem Balkon stand.

Er hatte sie angeschaut, aber seine Blicke wirkten eher nach innen gerichtet. Er war sehr konzentriert. Aber worauf? So aufmerksam war noch nie durch sie hindurchgeblickt worden. Beinahe hatte es sie gekränkt. Als er die rechte Hand löste und zum Gruß ausstrecken wollte, war er gestol-

pert. Das Glas fiel. Bei dem Versuch, es aufzufangen, stießen ihre Köpfe zusammen. Sie lachten beide und er verzichtete auf das anzügliche Angebot, ihr Kleid trocknen zu helfen. Er dachte nicht einmal daran. Er war rot geworden. Sie schwiegen wieder, dann bat er um Entschuldigung. Einige Beiläufigkeiten später hatte sie ihm ihre Handy-Nummer gegeben. Und er ihr seine.
Absichtsloser ging es nicht.

Er war eigentlich zufrieden mit seinem Leben, allein in seiner kleinen Altbauwohnung, einem Provisorium mit Klo, aber ohne Bad. Er lebte seit Jahren in dieser Wohnung, die eher die Bezeichnung Bleibe verdiente. Das Haus steckte voller Lebenskünstler, die aufs Improvisieren spezialisiert waren. Seine Lieblingserfindung hatte eine alte Nachbarin gemacht: eine mechanische Fernbedienung für einen Fernseher. Sie bestand aus einer langen Schnur, mit der sie, vom Bett aus, liegend den Stecker des Kabels aus der Steckdose reißen konnte, das zum Fernseher führte. Vollautomatik, hatte sie grinsend erklärt. Wenn sie fernsah, rauchte sie und lutschte nach jeder dritten Zigarette ein Krügerol. Am liebsten sah sie Gesundheitsmagazine. Sie strich oft Namen aus ihrem Notizbuch, Verstorbene. Sie war einsam, aber stolz, so lange

durchgehalten zu haben. Sie starb im Alter von siebenundachtzig Jahren, eine Zigarette in der einen Hand, die Schnur in der anderen, im Bett, während der Fernseher noch lief. Er fand sie am nächsten Morgen.
In ihrem Notizbuch war niemand mehr, den er anrufen musste. Er löste die Wohnung auf und behielt eines ihrer Ölgemälde, eine düstere Alpenlandschaft, in der Mitte eine Kirche und ein Toilettenhäuschen.

Er musste das Haus nicht verlassen, um die Veränderung der Verhältnisse zu beobachten. Er bemerkte den Wandel außerhalb des Hauses an den sich verändernden Details im Innern dieses Hauses. Es gab überall Indizien für den Wechsel. Die Notizblöcke an den Türen verschwanden, die Anzahl der Telefone stieg. An Türschildern tauchten plötzlich Titel auf, glänzende Armaturen wurden über die knarrenden und etwas feuchten Dielen geschleppt. Er selbst verweigerte den Einbau eines Bades aus einer Laune heraus. Wahrscheinlich war es Faulheit, aber er wusste sie vor sich und anderen zu tarnen. Er sprach von Widerstand gegen einen Hausverwalter, der eines Tages filmreif im gelben Sakko einem schwarzen Cabrio entstiegen war. Es war eine Sache der Ehre, Nein zu sagen,

obwohl er die mit der Sanierung verbundene Mietsteigerung verkraftet hätte. Sein Gehalt rechnete er noch immer in die Währung seines Geburtslandes um. Er freute sich, es auf diese Weise in den Kreis der Einkommensmillionäre geschafft zu haben. Niemand brauchte mehr ein Stück Schnur als Fernbedienung.
Im Nachhinein fand er, dass er in dieser Zeit alles leichtgenommen hatte. Egal was geschah, er deutete es stets zu seinen Gunsten. Auf Fotos dieser Zeit lachte er.
Die Folgen des schlechten Standards seiner Wohnung und die Folgen seines großen Starrsinns waren keineswegs alle negativ. Auf der Suche nach einem ordentlichen Bad hatte er ab und an Frauen kennengelernt. Er hatte viel verglichen in dieser Zeit: Wohnungen, Charaktere und Formen. Am Ende aber hatte er sich immer wieder in seine kleine Behausung zurückgezogen. Vor manchen Frauen war er regelrecht geflohen, er hatte allenfalls deren Badeduft in der Nase behalten. Diesmal aber war etwas anders.

Eine gewisse Zagheit lag über dem Beginn. Er hatte den Zettel mit der Telefonnummer nicht gleich wiedergefunden. Dann hatte er gezögert beim Wählen der Nummer, beim ersten Mal aufgelegt,

bevor überhaupt jemand abnehmen konnte. Es folgten Anrufe, bei denen er mehr schwieg als redete. Ihm fiel selbst auf, dass er sich anders als sonst verhielt. Tage vergingen, nicht aber der Gedanke an sie.
Beim ersten Treffen bemerkte er an ihr eine ihm unerklärliche Vorsicht, die ihm gefiel und für die er vergeblich nach einem Grund suchte. Er fand keine Worte, als er das erste Mal zu ihr fuhr und ihre fragenden Blicke auf sich gerichtet sah. Er ging nach wenigen Minuten. Aber er dachte fast nur noch an sie. Und rief sie wieder an.
Erst wurde der Abstand zwischen den Begegnungen kürzer, dann der Abstand während der Begegnungen. Auf eigentümliche Weise fanden sich ihre Hände bei einem der Treffen. Ihm war etwas aus den Händen geglitten, sie hatte es aufgehoben. Die Fingerspitzen berührten sich. Er hatte das Gefühl, Energie würde übertragen. Ein Kribbeln.
Ihre Badewanne amüsierte ihn. Sie stand auf goldfarbenen Füßen. Aber die Wanne interessierte ihn nicht, auch nicht der Duft des grünen Badezusatzes, sondern nur noch ihr Geruch. Er tauchte tief ein in diese Frau, die auf einem anderen Kontinent geboren war. Manchmal hatte er das Gefühl, in einem anderen Leben aufgetaucht zu sein. Sein

Alleinsein kam ihm nun wie Einsamkeit vor. Er bekam einen unbestimmten Drang nach Veränderung. Fernsucht. In solchen Augenblicken fand er, dass sein Leben gerade eine gute Wendung nahm.
Vollkommen absichtslos.
Aber es fiel ihm schwer, seine Phantasien zu deuten.
Er gab sich ihnen hin.
Er war ganz aufgeregt.

Sein Name wurde aufgerufen. Nun musste er durch die Tür. Die Diagnose war einfach und eindeutig. Ahmadinedschads Atomwaffen hatten ganze Arbeit geleistet. Er bekam nun zwei Wörter zu hören, die er nicht kannte und die von nun an sein Leben bestimmen würden: Morbus und Parkinson. Wie Plüsch und Plum, Dick und Doof. Unzertrennlich.
Morbus Parkinson also. Rechtsseitig versagten Gehirnzellen, die für seine linke Hälfte zuständig waren. Er kannte Aufnahmen von gebrochenen Knochen, aber noch nie hatte er Bilder eines Gehirns gesehen. Fast ehrfurchtsvoll schaute er auf das fotografierte Hirn und die Berichte vom Weg des Atoms durch seinen Kopf. Hirn war eine seltsam geformte Masse. Als er die Fotos sah, fragte

er sich, wie diese Gehirnmasse überhaupt funktionieren konnte, wie sie ihn steuern würde.
Bei näherer Betrachtung schien es ihm gar nicht so selbstverständlich, dass diese Befehlszentrale arbeiten konnte.
Außerdem wunderte er sich, wie ein Mensch auf den Bildern etwas erkennen kann. Die Ärztin konnte die Fotos deuten, so wie er Landkarten lesen konnte, Abstände, Ziele, Sehenswürdigkeiten, Verbindungen entdeckte.
Sie saß über die Bilder gebeugt und tischte ihm in einer langen Sitzung die Wahrheit über den Defekt dieser Masse auf. Sie tippte immer wieder mit dem Finger auf die grauschwarzen Fotos, die ihn an Aufnahmen von Därmen erinnerten. Definitiv kein Tumor, sagte sie, das sei ja ihr erster Verdacht gewesen. Er hatte das Gefühl, jemand habe ihn festgetackert auf seinem Platz. Erst jetzt erfuhr er überhaupt von dieser Befürchtung, es machte ihn misstrauisch. Was verschwieg sie ihm noch?
Kein Tumor. Ein schwacher Trost, fand er.
Dann verabreichte sie endlos lange Sätze mit Fragezeichen. Ungewissheiten, eingeklemmt zwischen vielen Kommata, ergänzt um Fachbegriffe wie Rigor, Tremor und Hypokinese. Informationen kämen nicht bei den Muskeln an, der Botenstoff rei-

che nicht aus, daher diese seltsamen Bewegungen. Das verstand er wenigstens. Von der Substantia Nigra war die Rede, wie von einer vergessenen Zauberformel. Er dachte an die simple Fernbedienung seiner alten Nachbarin. Wie einfach alles sein könnte. Körperteile würden die Gefolgschaft verweigern, erklärte die Ärztin, die Hand, das Bein, der Gleichgewichtssinn würde beeinträchtigt werden. Das Wort unheilbar fiel, es ragte wie eine spitze Zacke heraus aus dem Berg von Fachbegriffen, den sie vor ihm aufgetürmt hatte. Seine vielen Nachfragen liefen ins Leere.

Wie lange er sich noch bewegen könne, wie stark die Nebenwirkungen der Medikamente würden, wollte er wissen. Es war doch sein Beruf, Fragen wie Fallen zu stellen, sich von verschiedenen Seiten der Wahrheit zu nähern, sich nicht mit Halbheiten abspeisen zu lassen. Sie müsse verstehen. Er wolle keineswegs nerven. Aber hier kam er nicht weiter. Als Antwort erhielt er komplizierte Hinweise auf Statistiken, Beispiele, Fälle, wieder eine Menge Fachbegriffe und Fragezeichen und die Aufforderung, sein Leben zu genießen. Damit konnte er nun am allerwenigsten anfangen. Es schien ihm ein diskreter Hinweis auf einen frühen Tod zu sein. Oder war es nur eine Floskel? Er wusste nur eines: dass sich sein Leben verändern würde. Aber er ahnte noch nicht wie sehr. Das war die ganze Wahrheit, die er herauskitzeln konnte. Aber was hieß schon Wahrheit! Und was Leben.

Ihm war überhaupt nicht grundsätzlich zumute, aber er merkte, wie neben den Armen und Händen auch die Gedanken nicht mehr so einfach zu kontrollieren waren. Zellen sterben. Der Tod hatte sich in sein Leben geschlichen wie der Wirkstoff der Medikamente, die er nun einnehmen musste.

Ja, das ist der Tod.

Gehirnzellen sterben.

Er war richtig krank.

Wo er denn gewesen sei, wollte sie wissen, als er in ihrer Tür stand. Sie lebte in einer Wohnung mitten in der Stadt. Wenn die Fenster offen standen, dann war der Verkehr unüberhörbar laut. Vom Balkon aus konnte sie all die Verkehrsmittel bewundern, die dieses Land zu bieten hatte: Autos, Straßenbahnen, die Hochbahn, Flugzeuge, nur Schiffe waren von hier aus nicht zu sehen. Die Geräusche vermischten sich zu einem unentwirrbaren Großstadt-Ton. Beim ersten Besuch hatte er sich über die Namen an ihrem Türschild gewundert. Aber er hatte nicht gefragt. Die Stunden,

in denen sie sich sehen konnten, waren begrenzt. Er hatte seinen Job, den er etwas zu sehr zu lieben schien. Sie hatte einen Mann, für den sie da war, und einen Sohn, den sie liebte. Und seit kurzem hatte sie ihn, obwohl ihr das Wort »haben« nie über die Lippen kam, es absolut unpassend erschien. Es gab keinen Grund für ein derart besitzanzeigendes Wort. Sie wusste noch nicht einmal, warum sie sich überhaupt auf ihn eingelassen hatte, warum sie ihm die Telefonnummer gegeben hatte, sich ihre Hände gefunden hatten.
Er tat so, als hätte er ihre Frage nicht gehört, er zog sich wieder aus, er tauchte wieder ein und ab. Er wollte über die eigenen Zweifel hinwegküssen. Er liebte ihren kleinen, hellen Fleck neben dem Bauchnabel. Er fragte sie jedes Mal, was dieser Punkt zu bedeuten habe, der wie ein Stern leuchtete. Sie legte dann ihren rechten Zeigefinger auf seine Lippen. Psst. Ein Ritual. Er hatte kein Recht, Fragen zu stellen. Beide gaben noch nicht zu viel preis von sich. Er hatte eine Ärztin, von der sie nichts wusste, sie einen Mann, nach dem er nicht fragte. Das ist nur fair, dachte er.
Er wusste nichts von dem Moment, an dem sie etwas bemerkt hatte. Sein linker Fuß zuckte manchmal beim Sex, auch diesmal. Am nächsten Morgen rief sie ihn an, sie fragte ihn, ob es ihm gut

ginge. Sie dachte, es wäre vielleicht etwas zu viel für ihn. Sie amüsierte es, ihr gefiel der Gedanke, ihn überfordert zu haben.

Als sie noch neu war in der Stadt, in der man die Sonne nicht sieht beim Aufgang, die Erde nicht unter den Füßen spürt, aber reichlich Cola fließt, war sie so gern in den Tierpark gegangen, auch wenn sie die vielen Gitter, Gräben und Warnschilder störten. Sie erfreute sich an der Vielfalt der Arten. Bis diese Jungs gekommen waren. Sie hatte am Gehege der Gazellen gestanden und an den Großvater gedacht, der aus Erde kleine Tiere formen konnte, die manchmal durch ihre Träume stürmten. Sie sah auf die kleine Landkarte, die am Gitter angebracht war, ein weißes Plaste-Schild mit schwarz eingerahmten Kontinenten. Sie hatte gerade den roten Fleck entdeckt, der das Herkunftsland der Gazelle markierte, da tippte ihr jemand auf die Schulter. Sie drehte sich um. Ein Junge, ein Milchgesicht, einen Kopf kleiner als sie. Sommersprossen. Hinter ihm standen sechs andere Milchgesichter, so blass, als hätten sie noch nie die Sonne gesehen. Aus welchem Käfig bist du denn ausgebrochen, fragte der Junge. Er sprach überdeutlich, er hatte traurige Augen und schaute sich um, als suche er für den Ernstfall Unterstüt-

zer. Sie schwieg. Sie hätte ihn ohrfeigen können, aber sie ließ es. Die anderen lachten oder schoben anerkennend die Unterlippen nach vorn, sie beglückwünschten ihn. Der Junge hatte eine Mutprobe bestanden und drehte sich schnell um. Dann waren sie weggegangen. Ohne ein Wort.
Diese Blicke. Sie spürte überall und immer wieder diese Blicke, diesen feigen Wortersatz, unausgesprochene Bemerkungen von Männern, die kaum anders dachten als der Junge aus dem Zoo. Sie trauten sich nur nicht solche Fragen zu stellen oder ihr einen Käfig anzubieten. Sie gafften. Fleischbeschau, dachte sie. Die Augen des Jungen verfolgten sie in diesem Land.

Er studierte all die neuen Wörter, die Einzug in sein Leben halten sollten. Er hatte schnell einen passenden Spruch auf den Lippen: lieber Parkin-Sohn als Parkin-Vater. Er machte sich lustig über Fachbegriffe wie Agonisten und Dopamin-Spiegel. Ob man den auch abonnieren kann? Ob man Substantia Nigra zu Nudeln essen könne? Wie Pesto? Er lachte über sich selbst und gefiel sich sehr. Aha, immer noch der Alte, beruhigte er sich.

Er war ein besonders komisches Kind gewesen, er hatte jedes eigens beim Fotografen gefertigte Familienbild verdorben, indem er im richtigen Augenblick (jetzt bitte lächeln) die Augen verdreht hatte. Es war die Zeit, in der alle noch gespannt auf die Entwicklung der Fotos warteten und nicht permanent auf die Bildschirme ihrer Kameras blickten. Man zog sich gut an für das Familienalbum und sah darin nie so aus, wie man gewöhnlich aussah. Er musste immer einen Pullover tragen, den er nicht mochte. Er kratzte. Aber alle trugen solch einen Pullover mit einem breiten Streifen. Wie eine Versammlung Litfaßsäulen sahen sie aus. Die Bilder bekamen einen gezackten Rahmen, einige wurden nach einem unergründlichen Prinzip in der Wohnung verteilt. Er schielte auf allen Bildern.

Später zog er zur Freude seiner Mitschüler Grimassen (er konnte die Zunge in Falten legen), dann spielte er Theater, um aufzufallen, er konnte einen ganzen Saal zum Lachen und mehrere Lehrer gleichzeitig zur Verzweiflung bringen. Er entdeckte den Schatten, den die großen Brüste der Biologielehrerin warfen, wenn sie im Sommer in den Klassenraum kam. Atombusen, hatten sie gesagt. Von ihm hing eine Kette herab, die pendelte. Was für ein Schattenspiel und was für Phantasien,

die das Schattenspiel auslöste. Er war nicht der einzige Schüler, den dieser Schatten zum Onanieren animierte. Das Wort Titte war ihm noch nicht bekannt.
Dann begann er, Stimmen zu imitieren. Er hatte die Stimme des Direktors so gut nachgeäfft, dass Lehrer auf seinen Anruf hin tatsächlich Unterricht ausfallen ließen und sich später rechtfertigen mussten.

Und nun hatte er das untrügliche Gefühl, bald wieder für Heiterkeit sorgen zu können, als Wackelmann, der sich seine Milch per Hand aufschäumen kann, oder als Papst-Imitator, der den Rotwein verschüttet, oder als Muhammad-Ali-Darsteller, der nur noch ins Leere schlägt. Parkinson also, dachte er. Warum nicht?
Er hatte es schätzen gelernt, etwas Besonderes zu sein. Er lächelte und freute sich darauf, bald wieder Familienfotos verderben zu können, mit einem Wackler. Er – Old Zitterhand.
Diesmal würde ihm niemand Vorwürfe machen.

Sie rätselte noch immer, warum sie sich darauf eingelassen hatte, auf ihn. Sie suchte jetzt nach Antworten.
Als sie zum zweiten Mal bemerkte, dass er zitterte

und wie sehr er zitterte, nahm sie seine Hand und hielt sie, bis sie ganz ruhig war. Es war nachts, er schlief, eine der wenigen Nächte, die sie gemeinsam verbrachten. Als sie wieder und wieder dieses Zittern bemerkte, spürte sie den Reiz von Kindern, die etwas Verbotenes tun. Am elektrischen Weidezaun anfassen oder an einem mit Wasser gefüllten Krug wackeln. Sie erschrak über sich, über diesen Reiz und über ihn, der so unversehens zuckte, so unkontrolliert.
Was war das? War das der Stress?
Sie suchte nach Antworten, aber fand keine. Ihre Neugier auf ihn wuchs. Irgendetwas empfand sie als falsch und fremd an diesem Zittern. Sie spürte keine Kälte, sie spürte auch keine Angst. Zittern, das war für sie Angst. Sie suchte in ihrer Erinnerung danach. Aber es waren nur Fetzen von Erinnerung, die in ihrem Gedächtnis hängengeblieben waren, wie kleine Fische in einem Netz. Es war viel Beifang dabei.

Zum ersten Mal hatte sie auf diesem Schiff gezittert, neben zitternden Menschen. Die Dunkelheit war so groß, als hätte ihr Großvater die Sonne verschluckt oder fortgetragen auf seinem Kopf. Großvater konnte solche Wunder vollbringen, er konnte kleine Feldsteine in lebendige Hühner ver-

zaubern, schmutziges Wasser in süße, klebrige Cola ... Aber sie sollte ja nicht in der Hoffnung auf Wunder leben. Sie sollte dort leben, wo nichts auf dem Kopf getragen wird, weil es für alles Maschinen gibt. Erntemaschinen, Rechenmaschinen. Transportmaschinen.
In dem Land, in dem sie geboren war, zitterten die Menschen nicht, zumindest nicht vor Kälte. Umso schlimmer war es in diesem Schiff. Eng, dunkel, als hätte Großvater die Sonne versteckt in den tiefen Furchen seines gebräunten Gesichtes. Abends hatte er sich manchmal so hingestellt, als trüge er die leuchtende Strahlenkugel auf dem Kopf. Sie hatte Großvater lachend geschubst. Hör auf, die Sonne fällt herunter, hatte er geantwortet. Mach weiter, hatte sie gerufen. Dann stellte er sich mit dem Gesicht zur Sonne, er öffnete seinen Mund, die letzten Sonnenstrahlen wurden von seinem Goldzahn reflektiert. Einen, wenigstens einen einzigen Sonnenstrahl wünschte sie sich auf dem Schiff. Sie hatte Angst. So sehr zitterte sie, dass ihre Gedanken verrutschten. Sie hatte Angst, das Schiff, in das man sie gesperrt hatte, würde ihretwegen so schaukeln. Nicht wegen der Wellen. Dann schlief sie an der Schulter eines Fremden ein. Er hatte lange für sie gesungen.
Als sie in dem Land der Maschinen ankamen,

ging die Sonne mit einem großen, eisern quietschenden Krach auf. Maschinengebrüll statt Tierstimmen. Die rostige Tür des Unterdecks wurde beiseitegeschoben. Der Sonnenaufgang ist hier eine Maschine, hatte sie gedacht. Die Reise war nicht schön, aber wenigstens hatten die Eltern nicht gelogen.

Er hatte Termine versäumt. Das war ihm noch nie passiert. Wichtige Termine mit wichtigen Menschen, die er mit wichtiger Miene Wichtiges fragen musste. Aber er hatte weder einen Verlust gespürt noch das Bedürfnis, sich zu entschuldigen. Wenige Tage nach der Diagnose bemerkte er, wie tief in Gedanken versunken er war. In seiner kleinen Welt, der Wohnung ohne Bad und mit Blick in einen Hof. Er sah in diesen Hof und auf den Baum, der sich dort mühsam und in fast aussichtsloser Lage Richtung Himmel streckte. Aber sehr gezielt. Er beschloss, sich eine ähnliche Strategie zurechtzulegen, einen richtigen Plan. Er kam ja aus der Planwirtschaft. Und er musste seine Krankheit planmäßig bekämpfen.
Er spekulierte, wie viele Jahre ihm blieben, in denen er sich noch gut bewegen konnte. Aber die Unberechenbarkeit machte ihn wahnsinnig. Dass er die Macht über die eigene Zeit verloren hatte,

trieb ihn um. Ihm wurde bewusst, wie machtlos er war. Er schrieb Wörter auf Papier, Zahlen und Namen von Menschen, die ihm wichtig waren. Er notierte Städte, in denen er gern gewesen war und die er noch einmal besuchen wollte. Paris, Venedig, Basel. So lange es noch ging. Er zog Linien, mehr zufällig als gezielt. Am Ende sah es auf seinem Papier so aus wie bei dem Spiel, das er als Kind so gern hatte: Misthaufen. Zwei Spieler müssen Zahlen mit Linien verbinden und dürfen dabei die zuvor gezogenen Linien nicht berühren. Er hatte es oft gespielt.

Sein Leben war ein verknäulter Misthaufen, aus dem unerwartet diese Frau aufgetaucht war. Und genauso unerwartet diese Krankheit. Zeitgleich. Zwei auf einen Streich. Das war ihm zu viel. Was soll diese Krankheit? Er musste sich doch um die Frau bemühen, die ihm manchmal wie eine schöne Sinnestäuschung vorkam.

Den Gedanken an die Krankheit fand er an manchen Tagen schlimmer als die Krankheit selbst. Wäre er ohne Diagnose so krank, wie er sich jetzt fühlte? Er erklärte sich unzuständig für seine Ausfälle, dafür sei die Ärztin da, eine freundliche Frau, die an ihm gewackelt, die Funktionsfähigkeit seiner Hände kontrolliert und etwas in ihren Computer getippt hatte. Er hasste ihre Kontrollblicke, die er immer deuten wollte, er hasste diesen Computer, in dem alles über ihn stand, der mehr wusste als er selbst über sich. Es war doch schlimm genug, dass er sein Gehirn nicht verstand. Am Ende hatte die Ärztin von Urvölkern erzählt, die mit Urschreien Krankheiten bannten. Der Hinweis auf die Urvölker amüsierte ihn. Die Einwohner des Landes, aus dem er stammte, bezeichnete er gern als Urmenschen.

Sie hatte bald gemerkt, dass sie nicht im Gelobten Land angekommen war, dass sie im Maschinenland einen Beschützer brauchte. Es war ein Tag, an dem sie sich sehr wohlgefühlt hatte. Sie war spätabends aus einem Restaurant gekommen, sie hatte etwas getrunken, hatte wenig an und fühlte sich von den eigenen Füßen an die Schritte ihrer Kindheit erinnert. Sie sprang mehr als sie lief. Das war der Alkohol, der ihren Instinkt für Gefahren einschläferte. Sie ging diese Dorfstraße entlang und dachte an ihr Dorf, in dem zu dieser Tageszeit gewiss alle draußen standen, sangen, erzählten oder einfach herumliefen. Oder Wasser in Krügen auf den Köpfen trugen.
Sie bemerkte das Geräusch erst, als es zu nahe gekommen war. Das Geräusch, das ihr entgegenkam, glich dem einer Herde. Wilde Tiere, dachte

sie. Der Geruch war noch stärker als der Lärm. Lauter brüllender Schweiß, dazu übel riechende Worte. Schwere Tritte. Menschen ohne Haare. Ihre Beobachtungsgabe war ausgeprägter als ihre Angst. Wozu solche Stiefel bei dieser Wärme?, fragte sie sich. Schnürsenkel in Schwarz-Weiß-Rot, registrierte sie.
Dann war es zu spät für eine Flucht. Als sie ganz umstellt war, wünschte sie sich auf das Schiff zurück, das Zitterschiff, sie spürte den fremden Mann auf dem Schiff neben sich, der von Gott gesungen hatte, und von dem Mond, der sich verstellen konnte und Grimassen machte, der von dem Versteckspiel der Sternschnuppen erzählt hatte, von dem Wettstreit der Grillen und von der Sonne, die er in seinem Krug tragen wollte.
Fotze, schrie einer, schwarze Fotze.
Ihr war nicht klar, wer geschrien hatte. Die Worte kamen aus einer dunklen haarlosen Masse. Sie schloss die Augen. Sie wollte nur zurück mit dem Schiff. Sie dachte an die Schläge, die kommen würden, die Hände, die nach ihr greifen würden. Sie sah es, bevor es geschah. Es waren acht Männer, die einen Kreis um sie gebildet hatten. War da nicht der Junge aus dem Tierpark dabei? Sie sprach mit ihren Eltern, die ihr ein besseres Leben versprochen hatten, da traf sie der erste Schlag,

sie erzählte ihnen von den Maschinen, die so laut waren, da spürte sie, wie jemand nach ihr griff. Sie sang ganz leise, als aus dem Dunkeln eine Hand an ihrer Brust zerrte, die zweite, die dritte. Wie ging nur dieser Zaubertrick, wie konnte man Steine zu Tieren verwandeln, in große Hunde oder Löwen?
Großvater, hilf doch. Zu spät.
Sie wurde umgestoßen. Einer lag auf ihr, der Fotze, der Negerfotze. Er bewegte sich, aber er war zu besoffen, um sein Glied in sie zu schieben. Er musste pissen. Sie hatte die Augen geschlossen und dachte an Aas in der heißen Sonne, ausgebrannt, Dörrfleisch. Wo nur die Geier blieben? Ihr Ohr lag auf der Erde. Sie lauschte. Stille, Stille wie Masse, die sie erdrückte. War das der Tod? Und wie lange würde er dauern?
Dann hörte sie einen Schuss. Der stinkende Mann rollte laut schreiend von ihr herab. Blut strömte aus seiner Schulter, Urin und Blut und die Gerüche von Blut und Urin mischten sich. Und liefen an ihr herab. Sie öffnete die Augen. Es war doch so, wie ihr erzählt worden war. Eine Maschine war ihre Rettung, eine grüne Menschenmaschine mit einer schwarzen Menschenvernichtungsmaschine in der Hand. Die Kugel steckte in der rechten Schulter, die der Besoffene

brauchte, um seine Freunde zu grüßen. Der grüne Mann bewunderte nur kurz seine Zielsicherheit. Er kam zu ihr, er legte seine Pistole weg. Er berührte sie, er fühlte ihren Puls. Sie lebte.

Er hatte seinen Körper nie gefragt, ob er es mit ihm aushielt. Er hatte auch nie diesbezügliche Fragen gestellt bekommen. Tage arbeiten, Nächte feiern, Telefonieren, Mails lesen und gleichzeitig Nachrichten per SMS versenden. Er hatte mit seinen Kräften nicht haushalten müssen. Fliegen und fahren. Er lebte grenzenlos gern. War er krank, warf er Pillen ein, noch nie hatte er sich krankschreiben lassen. Das war etwas für Schwächlinge. Weicheier.
Bis er selbst ein Weichei geworden war, mit weichen Knien. Er suchte in der Vergangenheit nach dem ersten Anzeichen der Veränderung. Am Ende fiel ihm immer wieder dieses Podium ein. Und vorher?
Jetzt musste er sich konzentrieren, um sich zu erinnern und seine Kräfte zu mobilisieren. Er riss sich zusammen und versuchte das Gefühl auszukosten, etwas Besonderes zu sein. Das war wieder so ein Plan.
Parkinson in seinem Alter, das war schon etwas. Wer hätte das gedacht, ich bin in der Nachwuchs-

auswahl der Parkinson-Patienten gelandet. Er humpelte ab und an, die Hand war unruhig, das war bislang alles. Also konnte er die Vorzüge genießen. Er testete Freunde und die Wirkung von Floskeln. Wurde er beiläufig gefragt, wie es ihm ginge, antwortete er knapp, er sei unheilbar krank. Wie bitte? Ja, UN-HEILBAR. Manchmal lähmte die Krankheit seine linke Schulter. Ob er sich verhoben habe, wollten die Leute dann wissen und plapperten von sich selbst und ihrem Muskelkater. Mitten hinein in den Redefluss schoss er dann die Diagnose. Nein, dieser Muskelkater heißt Parkinson. Ja, wie Sohn, nur mit Parki davor. Dann überließ er seine Hand dem Tremor, als kleine Demonstration. Anfassen? Ein Gag, wie auf der Geisterbahn. Die Leute erstarrten, das Fragen verging ihnen. Anfangs erheiterten ihn die Reaktionen, er erfreute sich an der Hilflosigkeit derjenigen, die als gesund galten, und überlegte, wer wohl als Nächstes von einer Krankheit erfahren würde. Später begann er, die Feigheit zu hassen. Manchmal übergab er seinen Befund wie eine Urkunde. Hier, du bist es wert, es zu wissen. Er liebte diese Pose. Er redete darüber, wie er diese Krankheit in die Flucht schlagen werde. Er, der Bezwinger des Parkinsonismus. Er nannte sich Parki. Der Geliebten aber sagte er nichts.

Sie fragte sich, warum es sie zu ihm zog. Und allmählich fand sie Antworten. Ihr Leben lang hatte sie Schutz gesucht. Als Kind bei ihren Eltern, die sie vor gefährlichen Tieren warnten, die ihr erklärt hatten, die friedlichen von den todbringenden Spinnen zu unterscheiden. Auf dem Flüchtlingsschiff hatte sie Schutz bei einem Mann gesucht, den sie zuvor nicht gekannt hatte. Später suchte sie Schutz bei dem Polizisten, der sie vor den Wilden gerettet hatte, die es in diesem zivilisierten Land erstaunlicherweise gab. Er hatte sie wieder und wieder besucht. Erst im Krankenhaus, später hatte er sie eingeladen. Er hatte Blumen geschickt, mit behutsamen Gesten und Worten Schutz angeboten. Bis sie beschloss, bei ihm zu bleiben. Dankbarkeit hatte sie der Großvater gelehrt. Und der Lebensretter kümmerte sich, er kannte alle Behörden, er beherrschte die Ordnung, der er diente, perfekt. Diesen Mann liebte sie, wie man einen strafenden Gott liebt. Ehrfurchtsvoll. Er war stark, bewaffnet, der Polizist bot Sicherheit.

Wenn er neben ihr ging, traute sich niemand, sie anzustarren. Sie bekam einen Sohn von ihm. Sie liebte den Jungen, der dem Vater zum Glück mehr ähnelte als ihr. Weiß hatte Schwarz geschlagen. Anfangs war sie darüber traurig gewesen. Sie hatte an ihre Familie daheim gedacht. Sie liebten jedes Kind, aber sie alle waren doch stolz, schwarz zu sein. Weiß war die Farbe der anderen. Schon ihr kleiner weißer Fleck am Bauchnabel hatte gestört. Weiß war Verrat. Aber sie lebte nun bei den anderen und war selbst eine andere geworden. Wie sehr, das merkte sie erst durch ihn. Das Anderssein verband sie.

Er hatte nun einen grünen, aufklappbaren Schwerbehindertenausweis. Mit Stempel und Jahreszahl. Er war amtlich schwer behindert. Sein Foto fand er darin unpassend. Es zeigte einen fröhlichen, gesund aussehenden Mann. Niemand gewährte ihm Ermäßigung, wenn er danach fragte. Man glaubte ihm nicht, man vermutete eine Fälschung. Sein Ausweis sorgte für Heiterkeit. Da stimme wohl etwas nicht. Er freute sich über jede abgelehnte Vergünstigung. Er verzeichnete dies als einen ersten Punktsieg gegen Parkinson. Tagsüber funktionierte er wieder, Anfragen, Konferenzen, Termine, von allem nur etwas weniger als vorher. Es geht doch, von wegen. Er hatte einen fairen Arbeitgeber, man nahm Rücksicht. 18 Uhr der Heimweg, wenn nichts Ungewöhnliches passierte, wenn er nicht gerufen wurde, er, der erfahrene Fragensteller. Ohne Krankheit wäre es alles so wie bisher

weitergegangen, fast jeden Abend Verabredungen. Oft hatte er auf dem durchgeliebten Sofa in seiner Altbauwohnung gesessen und sich Veränderungen gewünscht. Ein anderer Job? Familie? Ein anderes Land? Er hatte überlegt, eine Kneipe zu eröffnen, aufs Dorf zu ziehen. Schon immer hatte er von einem Leben mit Tieren geträumt. Ein großer Hund, Schafe, Kaninchen, ein paar Hühner... Wie oft hatte er darüber geredet. Ohne Folgen. Er hatte sich einiges ausgedacht und sein Leben dann doch nicht geändert. Es gab immer einen Grund dafür, sich nicht zu verändern. Jetzt brachte jeder Tag Veränderungen und beinahe jede Nacht Verwandlungen.
Regelmäßig träumte er von Menschen, die ihm irgendwann begegnet waren. Körperteile und Stimmen aber passten nicht zusammen. Irgendeine ferne Kraft sorgte für eine Neukonstruktion aller Dinge, die er selbst nie hinbekommen hätte. Er genoss diese Träume, dieses unerwartete, heillose Durcheinander.

Das letzte Mal war ihm die Welt als Kind so unübersichtlich vorgekommen. Das Viertel, in dem er gewohnt hatte, war wie eine Landzunge, herausgestreckt in eine ferne fremde Welt. Fast jede Straße endete mit einem Sperrschild. Seine Familie wohnte jahrelang unweit der Mauer, aber er erinnerte sich nicht daran, wann über diese Wand das erste Mal in seinem Leben gesprochen worden war. Er verstand nicht, wie die Teile seiner Stadt und seines Landes eigentlich zusammengehörten und weshalb eines der Teile nun »drüben« hieß, ein seltsamer Name für ein Land. Seine Eltern malten eine komplizierte Skizze des Landes, das ein Chirurg oder ein Schlachter kunstvoll zerteilt zu haben schien. Wie konnte man nur dieses Monstrum Mauer ertragen, das alle Lebensadern der Stadt zerschnitten hatte? Die meisten Menschen versuchten dieses Ungetüm totzuschweigen. Je näher sie ihm kamen, desto weniger wurde geredet. Ein Todesstreifen der Wortlosigkeit umgab diese Mauer.

Manche Anwohner versuchten sich mit ihr anzufreunden. Eine Schulfreundin hatte Freundschaft mit einem Grenzhund geschlossen, sie schob ihr Pausenbrot regelmäßig unter dem Zaun vor der Mauer hindurch. Er aber hatte Angst vor Hunden.

Als er größer wurde, spekulierte er mit Freunden darüber, ob das Eckchen der Stadt, in dem er lebte, nicht dem anderen Teil zugeschlagen und auch »drüben« werden könnte. Im Zuge eines Gebietsaustausches. Später bekam seine Familie ein Ravensburger Puzzle geschenkt: eine Pracht-Straße der anderen Stadt-Hälfte zum Selberbasteln. Alle suchten die passenden Teilchen, die Eltern machten verzückte Gesichter, die Straße war ihnen noch vertraut. Die Kinder aber legten die Steine, als wäre dies eine beliebige Blumenwiese. Krank fand er das alles in der Rückschau. Er erzählte ihr von diesem Land. Er hatte das Gefühl, von einer Krankenstation zu berichten.

In der ersten Nacht mit dem Geliebten hatte sie den Unterschied gespürt, ihn aber noch nicht benennen können. Jetzt wusste sie es nicht nur, jetzt konnte sie es auch formulieren. Endlich. Sie hatte ihre Liebe ergründet. Ja. Zum ersten Mal in ihrem Leben war sie es, die Schutz bot. Wenn er zitterte, dann machte sie die Bewegung jenes Mannes, der ihr auf dem Schiff Schutz geboten hatte. Sie legte den Arm über ihn und summte dessen Lieder. Dieses Gefühl war neu in ihrem Leben. Die Liebe zu ihm begann mit der Liebe zu diesem Gefühl. Es war wie eine Brücke. Auch sie erkannte sich nicht wieder. Es war schmerzvoll und schön zugleich, wenn er von dem Land erzählte, in dem er geboren war. Sie dachte immer, sie sei einem schlimmen Land entkommen. In den Nachrichten wurde selten über ihre Heimat berichtet.

Aber wenn von ihr berichtet wurde, dann kamen Todes-Meldungen, von Dürrekatastrophen und Überschwemmungen oder von gefälschten Wahlen. Im Fernsehen wurden oft Blauhelmsoldaten gezeigt, die ihre eigene Hilflosigkeit bewachten. Sie wusste, was Hunger ist, aber es war ein anderer als der, von dem er sprach. Sie lag oft neben ihm, sie hörte in ihn und in sein Leben hinein, als hätte sie ein Holzrohr, um in dem dicken Bauch einer schwangeren Frau das Leben zu erspüren. Sie spürte seinem alten Leben nach. Er redete und redete, er schob sein Leben in das ihre, als suche er Schutz in ihr. Er schob auch sein Glied so in sie, als suche er einen Unterschlupf. Wenn er auf ihr lag, dann hatte sie nie das Gefühl von Unterwerfung. Er war anders als ihr Polizist. Er tastete sich immer sorgsam in ihr Leben und ihr Innenleben, ihr weiches feuchtes Innenleben. Den Hals herab, Kurve für Kurve. Zunge, Finger, millimeterweise stundenlang. Er liebte sie von Nord bis Süd, ihren großen Kontinent herauf und herab. Sie liebte die Momente, in denen sein Glied fest war und pulsierte, rot vor Erregung. Sie beugte sich dann über ihn, sie machte ihre Lippen feucht, sie schob sie vorsichtig und langsam über ihn, rot zu rot, feucht zu feucht. Land zu Land. Leben zu Leben. Bis er lachend um Ruhe bettelte.

Sie stellten sich Wecker, um die Zeit nicht zu vergessen, wenn die Zeiten und Zeitzonen verschwammen. Dann hörte auch sein Zucken auf, das seines Gliedes und das seiner Hände. In diesen Augenblicken dachte sie, sie könnte sein Zittern besiegen, sie könne ihn gesund lieben. Sie, die Medizinfrau aus dem fernen Land, ihn, den Mann aus dem Maschinenland.
Sie war sehr glücklich in solchen Momenten.

Unter Hinweis auf seine Krankheit eliminierte er die unangenehmen Dinge seines Lebens, die täglichen Videokonferenzen etwa, die in seinem Büro üblich waren. Er hatte sie heimlich aufgezeichnet. Eine ganze Fernsehserie hatte er davon zuhause. Manchmal sah er sich abends eine Folge an. Am meisten wunderte er sich dann über sich selbst. Er hatte sich furchtbar wichtig genommen. Aber es gab noch Wichtigere, manche lachten über die Witze des Chefs schon, bevor dieser zu Ende erzählt hatte. Diese Unterwürfigkeit passte nicht zu dem Mut, den die Kollegen sonst inbrünstig einforderten. Er fragte sich, was aus ihnen in dem Land geworden wäre, aus dem er stammte. Es gab da ein großes Potential an Kommandeuren und Wahrheitsverkündern. Je länger er mit ihnen arbeitete, desto mehr verflog seine

Wut über den Untertanengeist seiner früheren Landsleute. Freiheitliche Verhältnisse führten offenbar nicht automatisch zu freiheitlichem Verhalten.

Und er? Er verglich auch sich selbst, den Mann aus dem Video, mit dem Zuschauer, der er geworden war. Er gefiel sich jetzt besser. Er war geheilt durch seine Krankheit, wie befreit von dem Zwang, etwas darzustellen, etwas zu sein, was er nicht war. Er dachte viel über das Wort Selbstdarsteller nach. Warum hatte es so einen negativen Klang? Er jedenfalls wollte jetzt nur noch sich selbst darstellen. Er ließ sich jetzt viel mehr Zeit als früher. Auch andere Vorzüge seiner Krankheit genoss er: Er bekam gefühlte zweihundert Anrufe weniger pro Tag. Drei Passwörter hatte er schon gelöscht und danach keinen Verlust bemerkt.

Als er den Politiker wiedertraf, dem er fernab seiner Heimatstadt gegenübergesessen hatte, erzählte er ihm von seiner Diagnose. Das Echo verblüffte ihn. Die erste Reaktion war ein langgezogenes »O-Gott-wie-furchtbar-in-diesem-Alter«, dann folgten nicht enden wollende Schilderungen seiner eigenen Krankheiten, die er glänzend gemeistert hatte. Die Sätze waren so lang wie früher der Beifall auf den Parteitagen. Dieser Mensch redete nur von sich, er war sich selbst genug, ein Selbstküsser wurde er genannt. Er hatte das Zuhören verlernt. Er war krank. Er redete von sich, während seine Augen an der Kellnerin leckten. Er traf diesen Politiker nie wieder – und ihm fehlte nichts.

Seine Krankheit war ein Schutzraum, ein Versteck, eine Höhle, in die er kriechen konnte. Manchmal war sie ihm auch eine willkommene faule Ausrede. Nein, dachte er einmal, die Küche wischen, das verträgt sich nicht mit den Medikamenten. Er legte sich eine Putzfrau zu. Nein, dachte er, warum sollte er sich auf Empfängen langweilen? Früher hatte er von der Freiheit des Christenmenschen gelesen. Nun lebte er die Freiheit des kranken Menschen. Er sagte anderen schonungslos, was er von ihnen hielt. Er konnte jetzt sehr ungerecht werden. Er strich rigoros Namen aus seinem Telefonverzeichnis, er unterschied zwischen den Eingeweihten und jenen, die ihm egal geworden waren. Seine Krankheit war wie eine Grenze, an der sich alles schied, eine Mauer, die er selber errichtete. Und die er gut bewachte. Er war sein eigener Grenzer. Er richtete sich ein hinter dieser Wand, er konnte sich mehr Zeit lassen hinter ihr und seiner Phantasie freien Lauf lassen. Sein Hirn hatte das Tempo aus seinem Leben genommen.

Die Hektik, die auch ihn oft erfasst hatte, schien ihm in der Rückschau vollkommen unverständlich. Warum, fragte er sich, wurde alles schneller, obwohl alle länger lebten? Und wer steckte überhaupt hinter jener Kraft, die alle Hektik nannten? Manchmal war er so sehr mit seinen Fragen beschäftigt, dass er die Welt um sich herum vergaß.
Einmal stand er im Bus, einem Flughafenbus, der ihn zu der Maschine bringen sollte. Die Türen öffneten sich, alle stiegen aus, nur er nicht. Er hielt sich fest und hörte den Lärm der Turbinen. Er erinnerte ihn an den Lärm der Kameras, mit denen sein Gehirn fotografiert worden war. Er müsse jetzt kommen, rief ihm ein Mann in einem blauen Arbeitsanzug zu. Er hörte den Mann, aber er hörte nicht auf ihn. Er war wie festgefroren. Wie lange, fragte er sich später. Zwei Männer in blauen Anzügen kamen, sie lösten ihn vorsichtig von der Stange, er sei krank, sagte er. Jetzt schob er die vielen Fragen fort, langsam konnte er wieder die Füße setzen. Mühsam zerrte er seinen grünen Ausweis aus der Tasche. Schwerbehindert.
Jetzt glaubte man ihm.

Sie versuchte diese Bilder loszuwerden, sie mit ihm, er in ihr. Sie wollte ihre heile Welt retten vor dem

Eindringling. Aber sie musste es beschließen, ihn loszuwerden. Sie schickte ihm letzte Nachrichten, immer neue Abschiedsworte, die stets nach Anfang klangen, nach Wiedersehen, nicht nach Nimmer-Wiedersehen. Die Bilder blieben in ihrem Kopf. Sie saß am Tisch mit ihrem Mann und ihrem Sohn, aber hörte seine Schritte, sie roch ihn, sie versank in den Traumwelten ihrer Gefühle. Worte prallten dann an ihr ab, die Fragen ihres Mannes. Seine Blicke fanden nicht mehr den Weg in sie. Sie redete mit ihm, als wäre sie nicht da. Sie war eine Hülle bei ihm, aus der sie die Flucht ergriffen hatte. Sie konnte es nicht erwarten, den Geliebten zu treffen.
Sie wurde unvorsichtig. Sie schaute sich nicht um, sie nahm nicht wahr, dass jemand sie verfolgte, wenn sie das Haus verließ. Sie hörte die Schritte nicht. Dabei hätte sie selbst den Atem des Verfolgers spüren können. Ihr altes Leben jagte ihr neues.

Es war überhaupt nicht einfach, nichts zu tun. Er hatte keine Erfahrung darin. Er war immer beschäftigt gewesen. Nun saß er da und malte Kreise auf Papier, in die er Zahlen schrieb, er verband die Kreise mit Linien, spielte Misthaufen, sein altes Kinderspiel, gegen sich selbst. Die Ärztin hatte ihm dazu geraten: Linien ziehen und andere Linien nicht überschreiten. Das sei gut für die Feinmotorik der Finger und für die der Seele. Er fand es öde. Anfangs. Er machte zu viele Fehler. Er konnte die Hand nicht ruhig führen, jedes Spiel war für ihn eine Zitterpartie. Er hasste sich. Sein ganzes Leben war nun eine Zitterpartie.

Er spürte Phantomschmerz, er bereute, die Passwörter weggeworfen zu haben. Die Freude über die Veränderung und die Wut auf die Veränderung kamen in Wellen. Die Krankheit war eben nicht nur sein Schutzpatron. Beim Schwimmen zog er unfreiwillig Kreise, weil er seinen linken Arm nicht einsetzen konnte. Er brauchte mehr Zeit, um seine Schnürsenkel zu binden. Er traf die Schlüssellöcher nicht. Er trug jetzt Jacken ohne Reißverschluss. Beim Einkaufen stoppte er manchmal ruckartig. Der Tod, dieser Bremsklotz, fluchte er. Hinter ihm Getriebene, vor ihm Getriebene. Menschen, die alles gleichzeitig können, das Handy halten, einpacken, auspacken, mit dem linken Fuß den Kinderwagen bremsen. Das Band für die Waren läuft, die Werbung am Bildschirm läuft. Alles läuft. Nur er nicht. Ich stehe, dachte er, ich bekomme den Beutel nicht auf, die EC-Karte rutscht mir aus der Hand. Alles läuft.

Ich schwitze. Ich bin ein Hindernis. Alles läuft. Ich stolpere über einen Haufen gestorbener Gehirn-Zellen. Wenn die U-Bahn anfuhr, bemühte er sich um Gleichgewicht: Hier falle ich nicht mal auf, wenn ich umfalle, dachte er. Jeder ist mit sich selbst beschäftigt, jeder kommuniziert mit sich selbst, spielt am Telefon, am MP3-Player. Vorbei die Zeiten, in denen man mit jemandem Blickkontakt aufnehmen konnte. Ich kann in Ruhe Gleichgewicht suchen, ich könnte auch meinen Sack zurechtlegen.
Niemand würde es bemerken.

Eines fürchtete er – sie könnte etwas merken.
Er wusste nicht, ob er sie liebte. Vielleicht hatte er nur Sehnsucht nach Sehnsucht. Vielleicht existierte diese Liebe ja nur in seinen Gedanken. Vielleicht war diese Frau nur ein Kreis auf seinem Papier, den er sich ausgemalt hatte. Er konnte nicht genau sagen warum, aber er sagte ihr nichts von seiner Krankheit. Er wollte irgendwie sein altes Leben herüberretten. Zu seiner Krankheit kam eine zweite Krankheit. Er begann sie zu beobachten. Ob sie etwas beobachtet, ihn beobachtete. Er lag nun auf der Lauer. Sie war sein Messgerät, der Seismograph seiner Krankheit. Die kurze Zeit, die sie gemeinsam verbrachten, konzentrierte er

sich. Manchmal aber fiel er ruckartig in den Tiefschlaf. Meist war sie wach, wenn er neben ihr einschlief. Aber manchmal war er wach, wenn sie dachte, er würde schlafen. Dann tasteten seine Augen und suchten nach Anzeichen dafür, dass sie etwas wusste. Sie beobachtete ihn, aber sie wollte nicht, dass er es bemerkt.
Ihre Liebe war in einem Lauerzustand.

Ihr Tag hatte nun einen anderen Rhythmus. Egal was sie tat, sie hatte nicht mehr das Gefühl, darauf zu warten, dass etwas beginnt. Bislang hatte sie versucht, sich einzuleben, sich etwas anzugewöhnen, sich anzupassen. Sie hatte Jahre dafür gebraucht. Vor allem an das Tempo des Landes, in dem Maschinen den Takt vorgaben und sich Menschen empörten, wenn jemand ein paar Minuten zu spät kam. Wie taktlos. Was für Zaubermaschinen es hier gab, Fahrstühle, Laufbänder, Paternoster und Rolltreppen. Sie fragte sich, wo all die gesparte Zeit bliebe. Ob sie aufgehoben wurde für später, so wie die Leute Geld für schlechte Zeiten sparten. Gab es eine Uhr, auf der all die gesparte Zeit gesammelt würde? Um mit dem Tod verhandeln zu können, wenn er erscheint, um einen abzuholen. Um einen letzten Aufschub rauszuholen.

Sie wunderte sich oft darüber, worüber man sich aufregte in diesem Land. An den Kreuzungen brüllten die Leute enthemmt aus ihren Autos. Verspäteten sich Züge, wurden ganze Tage verflucht. Sie hatte keine Erklärung für die vielen mürrischen Gesichter. Warum waren die Menschen nicht glücklicher?

Es gab doch Yoga-Studios, Erholungsseminare, Entspannungsübungen, Visagisten, Kurse im Biorhythmus, Lehrgänge für Vegetarier, es gab unzählige Apotheken, eine ganze Industrie zur Glücksproduktion. Sie produzierte nur unerfüllbare Sehnsüchte.

Sie hatte vom Großvater gelernt, wenn nötig eine Pause zu machen. Er brauchte dazu keine Uhren. Er legte sich einfach hin und schlief. Großvater hatte wenig und doch genug. Hier aber tickte und tackte es überall, es wurde abgestimmt und eingetaktet, im Takt der Unzufriedenheit. Überall hingen Uhren. Am Fließband. Effektivität. Und wehe, es geriet etwas durcheinander. Alle redeten über ihre verpassten Möglichkeiten.

Der Rhythmus, der ihr Leben bestimmte, das waren nun die Anrufe, auf die sie wartete. Seine Anrufe. Sie erreichten sie wie kleine Naturereignisse. Fernab ihrer Heimat bot sie jemandem Heimat.

Seinen Tagträumen folgten nachts Alpträume. Er sprach über seine Krankheit mit Bin Laden, der ihn entführt hatte in den Keller eines Hotels. Bin Laden diktierte ihm einen Brief, den er der Regierung übergeben sollte. Es gab Bin Laden also wirklich. Vielleicht könnte er ja seine Krankheit terrorisieren.

In einer anderen Nacht sprach er mit einem Offizier, der ihn vor Jahren angebrüllt hatte. Er sprach sogar mit der Krankheit selbst, als wäre sie ein Partner. Sie saß ihm gegenüber, aber wenn er wach wurde, hatte er ihr Gesicht vergessen. Er hätte gern ein Fahndungsfoto von Parkinson gezeichnet. Aber er schaffte es nicht. Er sah auch Bilder aus der Jugend, aus der Kindheit, die er in dem unheilbar kranken Land verbracht hatte. Er sah seine Lehrerin, die vor der Schulklasse stand und um Geld bat. Sie hatte eine blaue Bluse an. Es ging um wenig Geld, aber wie immer um eine große Sache. Zuhause verlangte er den gewünschten Betrag, aber seine Eltern verlangten nach einer Auskunft, wofür die Spende verwendet werden solle. Am nächsten Tag hatten alle Schüler etwas Geld dabei, er aber hob auftragsgemäß den Arm und sagte: Die Eltern wollen wissen, wofür das Geld bestimmt ist. Stille. Die blaue Bluse bebte. Die Lehrerin war auf diese Frage nicht einge-

stellt. Man hatte in diesem Land nicht zu fragen. Der sei ein Egoist, sagte die Bluse. Und zeigte auf ihn. Dann sprach sie von Afrika, als gäbe es dort nur ein einziges großes Land. Alle schauten sich nach ihm um. Leider kannte er das Wort Egoist nicht, aber ein Lob war es keinesfalls. Das spürte er. Diese Blicke. Er war erst sechs Jahre alt. Bis zu diesem Tag war er ein artiger Schüler, der ab und an daran erinnert werden musste, das Atmen nicht zu vergessen. Meist saß er still auf einem Holzstuhl, in der ersten Reihe. Aber jetzt war er beunruhigt. Damals begann die Geschichte eines Außenseiters.
Blaue Blusen fand er von nun an blöd.

Das Doppelleben, das er führte, bestand aus einem Leben mit der Welt draußen und einem mit seiner Welt drinnen. Das Land, aus dem er kam, es erschien ihm in der Rückschau immer mehr wie die erste schwere Krankheit, an die er sich hatte gewöhnen müssen. Sein früheres Leben betrachtete er wie eine Übung für die Zeit, die jetzt angebrochen war, die zweite Zitterpartie. Die Vergangenheit hatte etwas sehr Gegenwärtiges bekommen. Er versuchte zwischen den Teilen seines Lebens Linien zu ziehen, er suchte sinnvolle Verbindungen. Er vergab Nummern an seine Lebens-

abschnitte, an Menschen, an die Frau, mit der er so glücklich gewesen war, dass er sie schon nach drei Begegnungen gefragt hatte, ob sie ein Kind mit ihm wolle. Sie hatte ihm in einer kleinen Wohnung eine Taube gekocht. Sie war in Paris vom Himmel gefallen. Auf der Schulter dieser Frau hatte ein kleiner Engel in einem rosa Kleid gesessen.
Er merkte, wie sich seine Gedanken wiederholten. Er versuchte noch einmal Linien zu ziehen. Vergeblich. Er sortierte wieder und wieder diesen Misthaufen: Da war das Leben in dem verstorbenen Land, dann das Leben allein in seiner kleinen Wohnung und nun das mit der Geliebten, die verheiratet war. Gab es einen Sinn? Gab es diese Frau überhaupt? Sätze sausten durch sein Hirn. Er konnte diese Worte nicht stoppen, sie kamen wie von selbst. Er hatte sie auf einem Empfang kennengelernt. Ein Zufall, zwei Gläser Sekt, die Spritzer auf dem Kleid, Blicke, die Handy-Nummer, ab und an eine Nachricht, er hatte ein gutes Leben in seiner kleinen Altbauwohnung ohne Bad.
Aber nun hatte er die Aussicht auf sein altes Leben und eine andere Art Leben. Die Treffen bei ihr oder in den Hotels waren schön, die Nachrichten per SMS, ein Leben mit Geheimnissen und

unerwarteten Erektionen. Wer steuerte ihn? Wer hatte die Fernbedienung für sein Hirn? Wer konnte den Stecker ziehen? Er konnte diese Sätze nicht stoppen. War das nun seine Krankheit? Oder war es das Leben, auf das er immer gehofft hatte, kürzer, aber doppelt, mit der Kraft der zwei Herzen? Die Welten, in denen er nun lebte, waren wie seine Gehirnhälften, die nicht mehr harmonierten. Wie seine Arme. Zellen sterben. So fängt also der Tod an, dachte er. Oder dachte es in ihm. Oder ein anderes Leben beginnt. Oder der Tod. Oder ein neues Leben. Oder der Tod. Oder … So ging es ihm durch den Kopf, als flöge ein Ball hin und her.

Das Doppelleben, das sie jetzt führte, bestand aus ihrem alten Leben und aus der Sehnsucht nach einem neuen Leben mit einem neuen Mann. Sie hatte in ihm ihre Heimat wiederentdeckt. Seine Geschichten passten zu ihren. Ödnis und Hunger, sie kannte diese Worte. Seine Worte galten auch für ihr Leben. Aber in ihrer Erinnerung bestand ihre Heimat nicht nur aus der Düsternis der Nachrichtensendungen. Es war nicht alles schlecht. Sie dachte an den Jungen, der ihr gezeigt hatte, wie man einen Wettlauf von Schnecken organisiert oder Großvaters Ziege dressiert. Er hatte den Zweig immer höher gehalten, bis die Ziege auf die Steinmauer gesprungen war. Am Ende mussten sie die verängstigte Ziege gemeinsam herunterheben. Sie war ein wenig verliebt in diesen Jungen mit dem Leberfleck über der Lippe. Er hatte sich neben das Pferd ihres Großvaters gestellt, er werde darunter durchlaufen, hatte er gerufen. Alle anderen Kinder des Dorfes hatten staunend drum herumgestanden, Wetten wurden abgeschlossen, Murmeln als Einsatz gesetzt. Er konnte nicht mehr zurück. Anlauf und los. Er zog den Kopf ein, schloss die Augen und stürmte unter dem Pferd hindurch. Er hatte so viel Schwung, dass er noch einige Meter lief. Das Pferd zuckte nicht einmal. Nur der Urinstrahl des Gaules erwischte ihn. Die Kinder feierten ihn, sie sah verstohlen zu ihm. Er roch stark.

Wenig später bekam der Junge diese seltsamen Pickel, die niemand ernst nahm am Anfang. Alle dachten an den Urinstrahl des Pferdes. Sie neckten ihn und seine Pinkel-Pickel. Als der Bauch des kleinen Jungen aufging wie ein Luftballon, als das Gesicht die Haut verlor, war es zu spät. Alle Dorfbewohner kamen zusammen und hielten Rat. Kräuter, Gebete, Tinkturen. Zu spät. Frauen saßen nun singend um den Jungen, dessen Sterben mit dem Ableben seines Lachens begann. Es war aus ihm gewichen, so wie das Wasser aus dem Fluss, der durch ihr Dorf verlaufen war. Es wurde immer weniger, aber niemand war in dem Augenblick dabei, als es gänzlich verdunstet war. Das Wasser. Das Lachen. Das Leben. Die Frauen hatten bei ihm gesessen, als er gestorben war, aber sie waren eingeschlafen, als sich seine Seele auf die Reise machte. Einen Arzt gab es nicht in diesem Dorf. Sie legten den Jungen in Leinen, sie stießen rostige Spaten in die Erde und wütende Blicke in den Himmel. Dann schrien und tanzten sie, bis zur Erschöpfung ihrer Trauer. Sie hielt die Hand des Großvaters ganz fest, fest, fest. Der kleine Junge wich nie mehr aus ihren Träumen. Er erschien ihr auch in den Nächten, wenn sie neben dem Geliebten lag. Er hatte kurz vor seinem Tod noch einmal für sie gelächelt. Er hieß Nkundiushuti, Ich liebe Menschen. Wenn sie an den Jungen dachte, fragte sie sich, ob ihr Geliebter ein Recht auf so viel Verzweiflung hatte. Sie hatte einen gesunden Sohn, der das Wort Hunger nie kennenlernen würde. Es gab genug Medizin und Medizinmänner hier. Wie Wolken zwischen Himmel und Erde schoben sich die Zweifel in ihr Doppelleben. Er kam ihr undankbar und selbstmitleidig vor.

Er war mit sich beschäftigt. Manchmal merkte er nicht, wenn er angesprochen wurde. So aufgewühlt und unsortiert wie jetzt war er zuletzt in der Pubertät gewesen. Als würde ein Sturm die Ordnung hinwegfegen. Damals waren seine Gefühle vollends außer Kontrolle geraten, als er auf der Bank neben diesem großen Mädchen saß im Sport-Unterricht, Oberschenkel an Oberschenkel. Er war ganz vorsichtig an sie herangerückt. Millimeter für Millimeter. Sie war ihm nahe, aber sie war unerreichbar. Er war der Faxen-Macher, niemand, bei dem eine ein Jahr Ältere an Berührungen denkt. Er hatte Sportzeug von »drüben« an, knallorangefarbenes Trikot, lackschwarze Hose, mit drei Streifen versehen, mit den drei Streifen. So stand er in der Reihe in der Turnhalle beim Zählappell. Alle trugen grau oder blau, oder graublau oder blaugrau. In dem Krankenland waren die Farben verblichen. Orange störte die Ordnung. Orange vortreten, umziehen, brüllte der Lehrer, hier wird keine Reklame gemacht für Orange. Das sei doch Rot, log der Schüler dagegen an, Orange, brüllte der Lehrer, von »drüben«. Minuten später stand der Schüler in Jeans und einem T-Shirt da, das sie Nicki nannten. Sie spielten Völkerball, er wurde Strohpuppe und hatte drei Leben. Erst als alle anderen seiner Mannschaft abgeworfen waren, kam sein Einsatz. Er liebte es – allein gegen alle. Er konnte seine drei Leben lange bewahren, er hatte einen Trick, um den Abwurf zu verhindern, er sprang hoch, höher, als die Werfer erwarteten, Grätsche. Er liebte die auf ihn gerichteten Blicke. Das große Mädchen, das neben ihm gesessen hatte, Oberschenkel an Oberschenkel, beobachtete den Jungen lange, bevor sie sich den Ball schnappte. Sie traf dreimal, linker Oberschenkel, rechter Oberschenkel, beim dritten Mal erwischte sie ihn dazwischen. Er fiel wie vom Himmel. Gebückt ging er in die Umkleidekabine, während die anderen weiterspielten. Er legte sich auf die Holzbank und machte sich ganz lang. Wie taub war es zwischen den Beinen. Er hörte die Tür nicht knarren, er hörte die Schritte nicht, er bemerkte niemanden. Das Erste, was er spürte, war eine Hand auf seiner Brust. Sie hatte sich wortlos neben ihn gelegt. Sein Atem stockte, sie berührte ihn ganz sanft an der noch haarlosen Brust und am Hals, dieser Moment dauerte drei Leben lang.

Er lag im Bett der Geliebten, sie lag ganz dicht bei ihm. Aber er wusste nicht, ob er sie liebte oder ob er nur geliebt werden wollte. Er dachte an eine andere. Er genoss diese Frau, diesen Eindringling. Er war, wo er war, und war gleichzeitig

dort, wo kein anderer hinkommt, in der Erinnerung.
Es war schön, etwas ganz für sich zu haben.

Sie wusste nicht, wie weit sie gehen würde. Sie hatte die Kontrolle über sich verloren. Sie sagte Sätze, die sie noch nie gesagt hatte. Sie wusste nun, was Sucht bedeutet. Sie fühlte sich beobachtet, von beiden Männern. Wenn sie den Geliebten verließ, spürte sie dessen tastenden Blick. Wenn sie vor der eigenen Wohnung stand, fürchtete sie die Augen ihres Mannes, diesen geschulten Blick eines Polizisten. Es war sehr spät, schon fast früh. Sie merkte, wie sie schon an der Tür nach Worten suchte. Sie schlich leise durch die Wohnung, sie ging leise ins Bad, sie öffnete leise die Schlafzimmertür. Dann hörte sie seine Stimme. Es ist gefährlich so spät draußen, sagte ihr Mann sehr leise. Er saß wach im Bett. Sie stand da, wie tiefgefroren. Sie zitterte. Zum Glück kam der Sohn, er beendete ihre krampfhafte Suche nach einer Antwort. Obwohl ihr Mann keine Frage gestellt hatte. Der Sohn legte sich in das große Bett zwischen die Eltern. Jetzt konnte der Mann nichts von ihrer Liebe riechen, die an ihrem Körper haftete. Sie umarmte den Jungen, dessen Leben erst einige Jahre dauerte, der nicht das Wort

Treue kannte, erst recht nichts von Untreue wusste. Er roch so gut nach Kinderschweiß und Kinderglück. Sie versprach ihm eine gute Mutter zu sein. Aber sie wusste nicht wie. Sie liebte im Alarmzustand. Auch ihr Leben war nun eine Zitterpartie.

Immer tiefer suchte er in der Erinnerung. Er suchte die in Zeitung verpackten Bücher, von denen er als Kind nicht wissen sollte. Irgendwo mussten sie sein, in seinem Chaos. Er hatte sie aufbewahrt mit dem alten Zeitungspapier, der Tarnung. Draußen, auf dem Zeitungspapier, stand etwas von Ernteerfolgen und dem ersten Deutschen im All. Drinnen, in den Büchern, wurde von geheimen Gefängnissen in Russland berichtet. Vom Gulag. Oder vom Hitler-Stalin-Pakt. Der Vater hatte die Bücher versteckt.
Verbotene Bücher und Familiengeheimnisse wurden streng gehütet in dem Krankenland. Erst nach und nach erfuhren die Kinder von ihnen. Eine Geschichte handelte vom Verschwinden des Großvaters. Er war anfangs ein gefeierter Mann. Eine große Urkunde lag bei der Großmutter im Schreibtisch. In einem dunklen Schreibtisch, auf dem ein ausgetrocknetes Tintenfass stand und ein Globus, der sich quietschend drehte und auf dem das eige-

ne Land eine Winzigkeit war. Großvater war ein Held der Arbeit.
Die Geschichte dieses Helden endete jäh. Er wurde festgenommen. Wegen angeblicher Spionage. Aber Großvater war kein Spion, er war ein Skatspieler mit gutem Gedächtnis für Trümpfe und Stiche. Er war nur im Weg, weil er nicht den Bonbon trug, wie alle sagten, und vermutlich, weil er überreizt hatte, als der Chef dabei war. Nun saß der Held ohne Arbeit im Gefängnis. Als Deutschland Fußball-Weltmeister wurde. Ausgerechnet. Vor dem Siegtreffer schalteten die Wärter die Übertragung ab. Die Häftlinge trommelten mit ihrem Kochgeschirr an die Gitterstäbe. So wurde es weitererzählt, weitergeflüstert in der Familie.
Später wurde Großvater entlassen und gefeiert. Er spielte weiter Skat, aber riskierte nie wieder ein Spiel ohne Buben. Seine Geschichte wirkte wie ein genetischer Defekt, sie zerstörte Zellen, Widerstandszellen. Der Staat hatte Angst gesät, nun konnte er Anpassung ernten. Der Vater erzählte immer wieder vom Juni 1953 und vom August 1961. Er ergänzte die Schilderungen um die Jahreszahlen 1956 und 1968. Jegliche Hoffnung auf Veränderung war aus ihm gewichen. Aus Angst vor neuer Enttäuschung ließ er Hoffnung gar

nicht mehr zu. Er arbeitete in seinem Betrieb ohne Aussicht auf Veränderung. Er hatte es abgelehnt, die Menschen von »drüben« nicht mehr zu treffen, er war nicht Parteimitglied geworden. Er drängte seine Kinder, mit guten Lernergebnissen die falsche Weltanschauung auszugleichen und wie er Rechenexperte zu werden. Die Fallgesetze gelten hüben wie drüben, sagte er. Aber aus genau diesem Grund interessierten die Söhne die Fallgesetze nicht. Sie hatten Angst vor der Ödnis des Unabänderlichen.

Woran denkst du, wollte die Geliebte wissen. An sie, nur an sie, log er. Sie strich ihm über das Haar. Sie liebte seine Locken, die ergrauten. Sie liebte seine Haare, die er sich einmal rigoros abschnitt. Er hasste das Grau, es war das Grau dieser beschissenen grauen Zellen. Er fragte sie oft nach dem Kontinent, von dem sie gekommen war, er wollte immer mehr wissen von dem anderen Leben dort. Sie amüsierte, dass er die Menschen seiner Heimat Urmenschen nannte. Er erzählte ihr nicht davon, dass die Ärztin von den Urvölkern sprach, die seine Krankheit nicht bekämen. Angeblich. Er glaubte das nicht. Die Menschen dort sterben nur jünger, dachte er, bevor die Krankheiten ausbrechen. Dann malte sie mit der Zunge

Buchstaben auf seine Haut, mit langen Strichen, die zwischen seinen Beinen endeten.
Danach erzählte sie. Er lag ganz ruhig. Sie erzählte gern von sich, aber sie hatte nur wenige Erinnerungen an ihr Land. Sie hätte etwas erfinden können, ohne dass er es bemerkte. Sie hätte sich ein Leben ausdenken können. Für ihn.
Aber nach und nach überkam sie das Gefühl, er interessiere sich mehr für das Fremde als für sie selbst. Sie wollte von sich reden, von Gefühlen, von dem Kontinent in ihr, aber er fragte nach Dingen, Sachen, Zahlen. Und nie nach ihrem Kind. Er glaubte ihren Geschichten nicht, er glaubte, sie wolle nur mithalten mit seinen.

Am Anfang hatte ihn gestört, dass sie so selten Zeit füreinander hatten. Inzwischen aber empfand er es als einen Glücksfall, wie wenig Zeit sie füreinander hatten. Er genoss die Erwartungen mehr als deren Erfüllung. Zu oft war in seinem Leben der Erfüllung der Überdruss gefolgt. Er wusste nicht warum. Er hatte genug, genug Körperkontakt gehabt. Er wollte nehmen, aber hatte die Fähigkeit zum Geben verlernt. Er hatte das Gefühl, sich selbst ausgegeben zu haben. Alle. Alle alle. Ja, er war schon wieder auf der Flucht.
Sie war eingeschlafen. Er zog sich an, ging die

Treppe ihres Hauses herab. Unten stand sein Rad, ein Rennrad, rot-weiß lackiert, achtzehn Gänge, Carbon, sieben Kilo leicht. Die Ärzte hatten ihm geraten, mehr Sport zu treiben. Sein Tag begann nun auf dem Laufband. Er musste sein Gehirn daran erinnern, wie die Füße aufgesetzt werden müssen, die Ferse zuerst, dann abrollen über den Ballen, Arme durchschlagen, richtig durchschlagen, hoch, rief er sich zu, seinen Armen zu. Manchmal sprach er mit ihnen, wie mit Kindern, die nicht folgen wollen. Er brüllte den Fuß an. Nach dem Laufband das Rudergerät und danach die Kletterwand, er musste große, kräftige Bewegungen üben, zu denen er laut schrie. Wenn er im Fitness-Center vor der Spiegel-Wand stand, ließ er seine Muskeln spielen. Sein Armumfang war erstaunlich, er hatte eine Art Stiernacken bekommen. Körperkult contra Krankheit. Er sah Frauen nach ihm blicken, auch die, die dies gar nicht taten. Prinz Pi dröhnte aus seinen Kopfhörern: »Du hast im Kopf ein von Gedanken kochendes Hirn, ein Pochen hinter der Stirn, Gedanken, die in Labyrinthen verirren, die Wege sind wirr, und die Zukunft von unbestimmter Farbe, auch die schlimmsten Wunden vernarben.«

Solch einen Kick brauchte er.

Aber am liebsten hatte er dieses Rad, mit dem er

die Landschaft durchschnitt. Er fuhr los auf seinem Fluchtfahrzeug. Er lachte auf dem Rad. Er fuhr schnell, sehr schnell. Er schrie, Urschreie, UUUUUUUUUU und AAAAAAAAAAAA. Er riss dabei an seinem Rad. Er genoss die Bewegung und die eigene Lautstärke. Links, rechts warf er im Wiegetritt das Rad unter sich hin und her. Das Rad war seine Selbstbewusstseinsmaschine. Er registrierte die Blicke der Passanten, er liebte dieses Staunen. Wie sie gafften, herrlich. Jetzt wurde er nicht angestarrt, weil er zu langsam war. Nein, er wurde bestaunt, weil er so schnell war und so riskant fuhr und weil er so schrie. Er spannte die Muskeln. Er liebte den Blick auf den Kilometerzähler. Ein schöner Selbstbetrug. Er war nun ein Meister im Spielen und im Täuschen.

Die Krankheit, die das Land seiner Geburt befallen hatte, war auf vielen Wegen weitergegeben worden. Die Schule war ein Infektionsherd. Seine erste Lektion im Lügen war ihm im Deutschunterricht erteilt worden. In einem kleinen Aufsatz sollten die Schüler beschreiben, wie der Frauentag verlaufen war. Das war für ihn eine leicht zu beantwortende Frage. Seine Eltern hielten den Frauentag für einen Teil jener Plage, die ihr Land heimgesucht hatte. Man feierte trotzig Muttertag.

Aber Aufsatz ist Aufsatz. Und so erfand der Schüler eine Geschichte: wie er an jenem Morgen ein Lied gesungen hatte, das er zuvor mit seinem Bruder für Mutter einstudiert hatte, er erfand die roten Nelken und die Modezeitschrift, die sie angeblich gekauft hatten. Großartig, urteilte die blaue Bluse, schön geschrieben. Seine Eltern lobten gleichfalls den Einfall. Überall gab es Lob für die Lüge. So breitete sich die Krankheit aus, die das Land erfasst hatte. Es war ein Lügenland, in dem die einfache Wahrheit nicht zählte, obwohl sie jeder kannte. Aus den Fenstern in den oberen Etagen der Schule hatten die Schüler dank der Lage unweit der Mauer eine besondere Aussicht. Sie schauten nach drüben. Vorn erzählte die Lehrerin, wie faulig dort alles roch, so kurz vor dem Untergang. Aber da draußen fuhr ein geiler gelber Doppeldecker, mit dem sie so gern einmal das untergehende Reich besichtigt hätten. Wenigstens zum Abschied.

Sie war als Kind einmal Bus gefahren in ihrem Land. Eine lange Strecke, an die sie sich kaum mehr erinnerte. Aber an die Fremden erinnerte sie sich, die mitgefahren waren. Sie saßen in einer kleinen Kiste, die in der Mitte des Busses hing. Damals hatte sie sich gefragt, wie man all diese

Menschen in die Kiste bekommen hatte. Er wisse es auch nicht, antwortete ihr Großvater, der neben ihr saß. Aber uns lassen sie ja nicht rein in diesen Kasten. Sie war enttäuscht von ihrem Großvater. Er kannte doch sonst alle Zaubertricks. Sie sah weiter auf den Bildschirm im Gang und fragte sich, welche Krankheit diese Menschen hatten. Sie wackelten alle seltsam, weil der Bus hin und her schaukelte. Die Menschen in dem Fernseher waren weiß und trugen keine Krüge auf dem Kopf, sondern breite Western-Hüte. Es waren Amerikaner. Alle im Bus schauten auf den Fernseher, als würden ihre Blicke Füße bekommen und sie in die Ferne tragen. Ab und an stoppten die Bilder, allerlei Dinge wurden gezeigt, die sie nicht kannte und noch nie vermisst hatte. Cheeseburger und Rolex-Uhren.

Als Kind hatte sie nicht darüber nachgedacht, warum für schwarze Menschen in dem Gerät kein Platz war. Erst später. Als ihr Geliebter von seiner kranken Heimat sprach, aus der so viele geflohen waren, stellte sie sich immer mehr Fragen. Ob ihre Eltern in solch einem Bus zum ersten Mal daran gedacht hatten, sie nach Europa zu schleusen? Ob sie dieses Land nur durch die Busfahrten kannten? Sie freute sich immer auf ihn, seine Geschichten und ihre Heimat passten zueinander.

Und sie beide, sie passten doch auch zusammen. Nachts sah sie, wie sich seine Hände verkrampften. Er hatte davon rote Abdrücke in den Oberarmen. Sie kannte den Grund nicht. Aber sie ahnte etwas.

Manchmal kamen in seinem Krankenland Menschen aus der anderen Welt an, die sich durch die Mauer hindurchgezwängt hatten. Sie rochen anders, sie waren bunt angezogen und sie waren sehr laut. Sie hielten sich für kerngesund und störten das Flüstervolk, sie grölten geradezu in die Ost-Stille. Die Gäste waren willkommen, aber sie warfen sich in die Sessel, als könne man jederzeit bei IKEA neue kaufen. Einer zog ein schweres Geldstück, als ihm widersprochen wurde, und erkaufte sich die Zustimmung der Gastgeber. Die Menschen von »drüben« schienen auch nicht ganz gesund zu sein. Aber sie hatten andere Krankheiten.
Von »drüben« kamen auch geheimnisvolle Stimmen, Radio-Stimmen berichteten von einem anderen Leben. In der Schule traktierten die Schüler die Lehrer mit den Sätzen aus dem Radio, die natürlich alle kannten, aber nicht alle wiederholen durften. Das war eine seltsame Verabredung, die stillschweigend getroffen worden war. Man belog

sich, so gut es ging. Das Kollektiv von Kranken wollte ins Paradies, aber bitte nicht ohne die Dinge aus der anderen Welt. In der Freizeit spielten alle diese fremde Welt nach, Flowerpower war eines der beliebten Spiele. Sie färbten sich die Hosen. Fast alle lebten ein kopiertes Leben. Das war die Krankheit, die sie befallen hatte, aber für die es keinen Namen gab. Dieses Fremdleben.

Ihr Großvater wollte sie nicht gehen lassen. Die Eltern hatten entschieden, sie hatten Tiere gegen Geld getauscht, drei Stück Leben gegen eine vage Hoffnung. So verschwand auch die Ziege, die sie trainiert hatte. Dreimal waren fremde Männer in einem großen Auto gekommen, sie trugen Anzüge und Sonnenbrillen, hatten einen anderen, von Kaugummi zerlatschten Akzent und verteilten ein paar »O. K.s« lässig in ihre Sätze. Sie durfte nicht dabei sein, als über ihr Leben geredet wurde. Sie bestaunte das Auto, das vor ihrer Hütte stand. Es hatte riesige Räder, getönte Scheiben und ein großes Auspuffrohr, aus dem schwarzer Gestank kam. Eine Wolkenfabrik, dachte sie. Die Jungen des Dorfes lehnten sich lässig an die Tür des Jeeps. Großvater aber ging wortlos an dem Wagen vorbei, er wurde immer trauriger. Sein Goldzahn hörte auf zu glänzen, nein, er mochte die

Sonne nicht mehr tragen, sagte er, als wieder der Wagen im Dorf parkte. Der Krug sei kaputtgegangen, sagte er ihr. Sie wusste nicht, was mit ihr vorgesehen war, sie dachte, Großvater sei krank. Als ihr die Eltern von einer Reise erzählten, lief sie aufgeregt zu ihm. Er solle sich mit ihr freuen. Sie werde das Meer sehen und in einem Schiff fahren. Sie wunderte sich, dass er nicht lachte, sich nicht mitfreute. Sie dachte, er sei nun doch schon etwas durcheinander, zu alt, vergesslich. Nachts kam er an ihr Bett, über dem ein Bild Marias hing, setzte sich zu ihr. Großvater trug dann sein bestes Tuch um die Schultern und seine weiße Leinenhose. Maria hatte ein rotes Kleid an und einen silbernen Reifen in den Haaren. Er saß da und berührte ihre Stirn mit einer Hand und sprach zu Maria. Und wirklich: Maria antwortete. Maria sprach zu ihm. Er möge heimgehen. Das Mädchen stünde unter ihrem Schutz. Sie werde bei ihr sein auf allen Wegen. In der Nacht vor ihrer Abreise sang er von Gott, der über Himmel und Erde herrscht und hoffentlich auch über die Meere. Sie kannte diese Lieder, aber seine Stimme war anders als sonst, sie klang wie bei einer Totenfeier. So hatte sie ihn noch nie beten gesehen.
Als sie schlief, saß er noch lange bei ihr.

Er ging immer fröhlich von der Frau mit den dunklen Augen. Früher hatte ihn die Ungewissheit beim Abschied gestört. Er hatte immer Ängste beim Weggehen und Warten. Vielleicht war das der Beginn seiner Krankheit, rätselte er. Einmal, in der Nacht, hatte er die Polizei angerufen, als eine Freundin gegangen war. Warum meldete sie sich nicht? Er wählte 110. Gelächter war das Echo. Eine Frau, die sich nicht meldet, wie komisch. Er hatte geweint, wenn sein Onkel wieder in der Mauer verschwunden war. Mitsamt dem Drüben-Geruch aus Seife und Schokolade. Er hatte geweint, als ein Mädchen vom Tränenpalast verschluckt wurde. Sie hatte mit ihm in einem Zimmer geschlafen, er lag gespannt, was passieren würde. Er dachte gern an diese Nacht, die voller Spannung war. Er hörte ihren Atem und wusste noch nicht, was er tun sollte, wenn sie es mit ihm tun wollte. Er hätte manche Frauen in angenehmerer Erinnerung, wenn er nicht mit ihnen geschlafen hätte. Viele von ihnen hatte er so schnell vergessen, wie er sie geliebt hatte. Diese nicht. Er grinste. Er dachte an das junge Mädchen, das von ihrem Vater geschlagen worden war, als es aus seinem Zelt gekrochen war. Sie hatten atemlos nebeneinandergelegen und er hatte von Berührungen geträumt. Dann hörten sie die Rufe des Vaters, wenig später einen dumpfen Aufschlag. Der Schläger war Pfarrer. Er hatte immer Sanftmut gepredigt und nun das Auge der Tochter voll erwischt. Das Mädchen schminkte den blauen Fleck am Auge noch lange nach, um den Vater zu blamieren, und ihm, dem Jungen, ein Zeichen zu geben, einen farbigen Liebesbeweis.

Er war so sehr in der Vergangenheit versunken, dass er nicht mehr wusste, was er tat oder unternehmen wollte. Sein Gesicht erstarrte, als würde das Blut in den Adern stocken, sein Gesicht wurde eine Maske. Erst jetzt bemerkte er, dass er nun schon Minuten versuchte, das Schloss von seinem Rad zu lösen. Es war kalt, arschkalt, er bekam den verdammten Schlüssel nicht ins Schlüsselloch. Und nun auch noch dieses Scheiß-Telefon, wo war es, im Rucksack, aber der war auf seinem Rücken wie festgetackert. Er bekam den Gurt nicht über die Schulter. Verdammte Scheißkrankheit, schrie er. Er sah nach oben, da standen zwei Männer, diese verfickten Idioten. Er wusste, was die Gaffer dachten. Säufer. Er drehte sich weg. Einmal hätte er beinahe einem dieser Gaffer die Fresse poliert. Er hatte schon ausgeholt, dann aber noch rechtzeitig gestoppt, mit der [illegible] Mülltonnendeckel durchgeschlagen. [illegible]

hatte sich darauf verpisst. Er hatte jetzt endlich den Rucksack runter, das Fahrradschloss offen, das Handy aus der Tasche. Aber diese dusselige Kuh hatte schon aufgelegt. Ach, fick dich, rief er. Er setzte sich hin, Schweiß auf der Stirn und in der Arschritze. Und pissen musste er auch, so sehr, dass er es kaum bis zum Klo schaffte. Dieser Harndrang überkam ihn manchmal.
Dann rief sie an. Er entschuldigte sich.
Wofür, fragte sie. Er habe sie nicht kränken wollen, antwortete er.
Du hast es doch gar nicht getan, sagte sie.
Ja, ja, sagte er.
Er dachte, er hätte so laut geschrien, dass sie es hätte hören müssen.

Am Tag darauf kam sie zu ihm in seine kleine Wohnung, die wie immer unaufgeräumt war. An seinem Wäscheständer hingen seit Tagen einige Kleidungsstücke und staubten ein. In der Küche stand schmutziges Geschirr. Einmal wollte er ausrechnen, wie oft er in seinem Leben Wäsche waschen werde. Bei einer Lebenserwartung von achtzig Jahren. Eine schreckliche Aussicht, fand er, als er die Rechnerei aufgegeben hatte.
Sie wollte reden, aber er nicht. Er wollte ihr diese Rechnung präsentieren. Achtzig Jahre Wäsche

waschen und Geschirr spülen. Mehr und mehr gelang es ihm, immer weniger zu sagen, wenn er redete, wenn er überhaupt redete. Er wollte sich nicht preisgeben. Seine Worte dienten der Wortlosigkeit, die er um sich errichtete. Er wollte Sex, aber Sex war nun wie Sport, eine Flucht. Er hatte Erektionsprobleme. Sein Penis war unberechenbar geworden. Mal wurde sein Glied nicht fest. Dann wiederum ließen die Erektionen nicht nach. Aber nicht nur das Glied wurde steif. Auch die Finger wurden fest. Er bekam diese verdammte Kondom-Packung nicht auf, dann das Kondom nicht über den Penis, er zitterte, sie nahm das Kondom in den Mund und rollte es rüber, bis er ganz in ihrem Mund verschwand. Sie sog ihn auf in sich, als könnte sie ihn ganz verschlucken. Er lag da, fest und groß und rot, dann versank er in ihr. Sein Sperma füllte das Kondom, er spürte, wie es aus ihm kam. Er träumte sich hinaus in seine eigene Welt. Eine von ihm besamte Welt. Er liebte seine Phantasien jetzt mehr als die Realität, die ihn umgab. Manchmal fragte er sich sogar, ob diese Frau wirklich existierte oder ob er sie sich nur einbildete. Eine wundervolle Einbildung allerdings, ein Engel. Er kannte ja die Warnungen der Beipackzettel. Alles zerfloss.
Es war das erste Mal, dass er sich einen Schluss-

punkt hinter den vielen Linien seines Lebens wünschte. Den Tod.

Sie lag neben ihm und wusste längst, wie krank er war. Im Internet hatte sie sich durch viele Seiten gescrollt, sie war auf die Krankheit gestoßen, die zu seinen Zuckungen passte. Es war nicht sehr schwer gewesen. Sie hatte sich die Zeichnung von dem gebückten Mann angesehen, der die Hände verkrampft vor dem Körper hielt. Sie las über den kranken Boxer, den kranken Papst, den kranken Schauspieler. Die ganze Welt ist voller Parkinsonkranker, schien es ihr. Sie fand all diese seltsamen Wörter – Tremor, Rigor und Dopamin und Substantia Nigra. Sie las und las, vom Zahnradgang, den Stürzen und dem erhöhten Risiko, zusätzlich dement zu werden. Und sie sah diese Maschine, die man den Kranken in den Schädel einbauen konnte. Natürlich eine Maschine, dachte sie. Für alles nehmen sie hier Maschinen. Ein Wort hatte sich in ihr Herz gebohrt – unheilbar. Unheilbar schien auch der Schmerz, den sie in diesem Moment spürte.
Wie gern hätte sie jetzt Großvater um Rat gebeten. Er kannte bestimmt ein Lied gegen diese Krankheit oder ein Kraut. Oder ein Spiel. Sie wusste nicht einmal, ob er noch lebte. Sie las von den Ne-

benwirkungen der Medikamente, von der Sucht nach Sex, von Kaufrausch und Spielsucht. Sie wusste es jetzt. Aber sie sprach ihn nicht an. Jetzt hatten sie beide dasselbe Geheimnis.

An manchen Tagen verließ er nur noch das Haus, wenn es nicht zu vermeiden war. Er konnte die Gesunden nicht ertragen. Wie selbstverständlich sie liefen. Wie sie die Arme durchschlugen, die Füße voreinander setzten. Alles gleichzeitig taten. Auf den Zehen wippten, die Finger schnippten, klatschen konnten. Wie ein Tanz war ihr Gang, wie ein Flug. Einmal stand er vor einem Lokal, in dem er früher getanzt hatte, er hatte in der Mitte der Tanzfläche eine Rolle vorwärts gemacht. Immer im Mittelpunkt. Drinnen tanzten sie wieder, es war ein unglaubliches Gedränge, in dem Arme und Beine ein Durcheinander bildeten. Draußen stand er, sah durch das Fenster und träumte seinem früheren Leben nach. Was er da glotze, knurrte ihn jemand an. Spanner!
Er zog ab, so gut es ging.
Er saß jetzt lieber zu Hause, der Fuß tat so weh, das Genick war steif. Er hörte in seinen Körper und folgte seinen Gedanken. Die Krankheit hatte ihn in den Schwitzkasten genommen. Er hatte begonnen, Sätze auf Zettel zu schreiben, die er in

der Wohnung vor sich selbst versteckte. Früher war er der Wind, jetzt war er ein Blatt im Wind, schrieb er auf einen Zettel. Früher war er der Fluss, jetzt ein Stein im Strom, schrieb er auf einen anderen. Und: Ich möchte wieder der Wind sein und wieder der Fluss. Wenn er sie Tage später wieder fand, war er überrascht und wunderte sich. Diese Sätze schienen nicht von ihm selbst zu sein. Dann schrieb er mehrere Sätze auf ein Blatt, Geschichten, die von Frauen handelten. Er schrieb: Wir sitzen auf dem Regenbogen und tauschen unsere Farben aus.

Er hatte sich beim Schreiben bislang immer an die Tatsachen gehalten, das war schließlich sein Job. Aber jetzt ließ er seinen Gedanken freien Lauf. In den Pausen spielte er.

Er nahm dann ein leeres Blatt und spielte wieder Misthaufen. Er durfte mit seinem Stift nicht über die zuvor gezogenen Linien fahren, eine Übung für seine Zitterhand. Zur Strafe riss er sich selber Haare aus.

Er war sich selbst ein Rätsel geworden. Seine Langsamkeit passte nicht in die Welt draußen. Eher in ihre Welt, aus der sie geflohen war. Wie gern würde er darauf verzichten, etwas Besonderes zu sein. Das Wort Zukunft war aus seinem Wortschatz gewichen, verflogen, verdampft, krepiert. Der Tod hatte sich in sein Leben geschlichen. Wie der Wirkstoff der Medikamente. Er war richtig krank. Er hatte den Plan, die Krankheit zu ignorieren, längst für gescheitert erklärt. Er las nun mehr und mehr über seine Krankheit, aber er hatte das Gefühl, immer genau jene Symptome zu bekommen, von denen er gerade erfahren hatte. Wenn er das Haus verließ, plante er jeden Schritt. Er fürchtete sich vor dem Winter, vor glatten Wegen und Kälte. Er plante seine Ausgänge, seine Einkäufe. Lange vor der Kasse legte er sich das Geld zurecht. Er zog sich heimlich die Jacke aus, damit niemand seine Verrenkungen bemerkte. Er bestellte in Restaurants nur noch Suppen, weil er sie mit der rechten Hand auslöffeln konnte, weil er die lahme Linke nicht brauchte. Er hatte sich Schuhe mit Klettverschlüssen gekauft, weil er zu lange zum Binden der Schleifen brauchte. Manchmal tat ihm sein Glied so weh. Er hatte Angst davor, auch dieses Glied seines Körpers könne eines Tages den Gehorsam versagen. Er trainierte es und befriedigte sich selbst viel häufiger als früher.

Er führte längst zwei Leben, eines davon ein Innenleben. Er lebte in der Erinnerung, er dachte an das kranke Land, aus dem er stammte. Aber je länger er daran dachte, desto häufiger fragte er sich, wie er diese Krankheit damals überwunden hatte, wie er diese Angst aus sich selbst vertrieben hatte. Irgendwann hatte er es doch mit jedem Gegner aufgenommen. So musste er es jetzt wieder tun.

An dem Tag, an dem sie bemerkte, dass diese Krankheit auch sie erfasste, wollte sie ihn anrufen. Aber sie zögerte. Sie wollte ihn festhalten, es festhalten, das Gefühl und seine Verlangsamung verlangsamen. Sie überlegte, was er tun würde. Wenn sie jetzt anrufen würde, wie lange bräuchte er zum Telefon? Sie wollte Rücksicht nehmen. Er sollte sich nicht beeilen müssen, nicht ihretwegen. Sie war schon den ganzen Tag unruhig, unruhiger als sonst. Dann stolperte sie in ihrer eigenen Wohnung und stürzte, ohne zu wissen worüber. Sie hatte versucht, so langsam wie er zu gehen. Absichtslos, wie ferngesteuert. Sie übte für ihn. Die Krankheit, die sie nicht hatte und die nicht ansteckend war, hatte sie erfasst. Ganz langsam. Sie ertappte sich dabei, auch bei Einkäufen langsam zu gehen. Wenn sie an die nächsten Berührungen dachte, dann spürte sie seine zitternde Hand an ihrem Kitzler vibrieren. Sie bekam Lust und Angst. Sie schickte ihm Nachrichten, ihre Wünsche nach ihm, seiner zitternden Zunge und seiner Hand. Sie hatte das Gefühl, alles gleich und jetzt erleben zu müssen, bevor seine Krankheit ihn ... Sie konnte nicht weiterdenken. Sie spielte die Krankheit nach. Sie fing an zu flüstern. Ihre Liebe kannte keine Grenze. Sie wollte diese Krankheit wegküssen. Sie hatte die Mauer, die er um sich gezogen hatte, überwunden. Aber sich angesteckt.

Als das Telefon klingelte, wusste er, dass sie es war. Hatte das Telefon nicht seltsam geklungen? War da ein Wackelkontakt? Und was war nur mit ihrer Stimme? Er freute sich. Aber sie störte ihn. Er nahm den Hörer ab und wollte sie nicht hören. Seine Worte dienten dem Schweigen. Er saß vor seinem Computer, er sah ein Video, den Einbau einer Maschine, die dem Gehirn die Impulse geben konnte, die ihm seit der Erkrankung fehlten. Sie saß in ihrer Wohnung und ließ sich treiben von ihren Gefühlen. Beim nächsten Treffen wollte sie ihm keine Chance zur Flucht lassen. Sie konnte es nicht mehr ertragen. Sie hasste sein verdammtes Rad, von dem er so viel sprach, mehr als von ihr. Sie wollte die Luft aus den Reifen lassen. Sie wollte ein Messer dazu nehmen. Die Gespräche, die sie führten, kamen ihr seit kurzem vor wie zwei Tunnel-Enden, die aneinander vor-

bei gebaut waren. Sie spürte, wie er sie zurückwies. Sie überkam die Angst, in dem Tunnel steckenzubleiben. Er war doch krank, nicht sie.
Sie wartete am Telefon auf ein Wort von ihm.
Aber sie merkte, dass er wieder in seiner Welt war.
Sie hatte ihm nie gesagt, dass sie ihn liebte.
Er hatte immer gehofft, sie würde es ihm sagen.
Erst sie, dann er. Erst du, dann ich.
Sie wollte es ihm jetzt sagen. Aber am Telefon?
Sie zögerte.
Er zögerte auch, er wollte ihr endlich sagen, was sie schon wusste. Die Krankheit. Sein Kopf wackelte etwas bei dem Gedanken daran. Nicht auch noch der Kopf, dachte er, nein, nicht auch noch der Kopf. Er hielt ihn fest und dachte an die wackelnde Frau aus dem Atomlabor. Und dann wieder an die Geliebte. Er wollte ihr sagen, dass er bald eine Zumutung sein werde. Er ahnte nicht, wie sie reagieren würde. Sie wollte sagen …
Er wollte sagen.
Am Ende schwiegen sie beide, dann verabredeten sie sich. Im Park, nicht im Bett. Das war ihr Wunsch.
Dann gingen beide los.
Es dauerte nur kurze Zeit, bis sie der Ärger überkam, sich doch nicht im Bett verabredet zu ha-

ben. Sie spürte, wie die Lust in ihr wuchs. Sie spürte wortlose Wärme und Feuchtigkeit. Sie dachte nicht mehr an sein Glied, sondern an die Vibration seiner Hand. Sie musste nicht bei ihm sein, um ihn zu spüren. Sie lief, sie dachte so sehr an ihn, dass sie ihn in sich spürte, sie fürchtete, ihre Augen könnten sie verraten. Jeder müsse es doch sehen.
Auf dem Weg zu ihr dachte er an einen Mann, der ihm begegnet war, als er Soldat geworden war. Achtzehn Monate mit achtzehn Jahren, das war wie eine Ewigkeit. Gewünscht war Gehorsam in grauer, kratzender Uniform mit Kragenbinde. Sie waren auf dem ersten Stellplatz versammelt, als sie wortlos Freundschaft schlossen. Sie standen beide, die Hände in den Hosentaschen, und wurden angebrüllt. Runter, zwanzig Liegestütze. Sie machten dreißig und grinsten breit. Der Freund hatte ein Gebiss aus Stahl und furchteinflößende Muskeln. Er hatte einen Körper wie ein großes V, das aus der Hose zum Himmel strebte. Er konnte das Seil hochklettern, ohne die Füße einzusetzen. An einem Abend stand ein Offizier im Zimmer des Muskelmannes, als er gerade eine 50-Kilo-Hantel kreisen ließ. Alles in Ordnung, weitermachen, befand der Offizier und schlich sich davon. Der Muskelmann schlug einmal wütend mit dem

Schädel gegen einen Schrank. Die Spanplatte hatte ein Loch, durch das er in die Freiheit blickte. Alle anderen standen ehrfürchtig im Raum und schwiegen. Welche Kraft dieser Freund gehabt hatte, welche Wirkung er damit erzielen konnte, Respekt. Einmal, als dem Freund der Urlaub gestrichen worden war, da lag er im Bett und bettelte: Ihr müsst aufpassen, dass ich niemanden umbringe. Ich bin eine Waffe. Es war ernst gemeint.

Sie zuckte zusammen, als sie das Geräusch eines Krankenwagens hörte. Es kam aus der Richtung, in die sie lief. Ein Polizeiwagen mit Blaulicht raste an ihr vorbei. Sirenen und noch mehr Blaulicht. Sie rannte. Sie schrie seinen Namen. Ihr Herz pochte. Sie kam sich vor wie in einem Film, im Abspann. Ein gelber Rettungshubschrauber senkte sich lärmend und langsam herab und kam auf der Kreuzung zum Stehen. Ein Lastwagen stand quer. Sie kam näher. Ein paar Schrammen am Fahrerhaus des Lastwagens, mehr war nicht zu erkennen. Die Polizei hatte ein Band gespannt, rotweiß, in den Farben seines Rades, schoss es ihr durch den Kopf. Eine Decke lag da, er wurde abtransportiert. Er lebe, sagte die Ärztin. Mehr durfte sie nicht sagen. Hatte sie »noch« gesagt? Und warum hatte die Frau so geblickt, wie sie geblickt

hatte? Ob sie eine Angehörige sei?, fragte die Ärztin. Ja und Nein, war ihre Antwort. Dann wurde er in den Hubschrauber gebracht, dessen Rotoren nicht gestoppt hatten. Wie ein großes Tier verschluckte der gelbe Hubschrauber ihren Geliebten, so wie der Walfisch einst Jona, der vor dem Auftrag des Herren fliehen wollte. Dann hob er ab, von ihren Blicken verfolgt. Er hatte das Bewusstsein verloren.
Vergeblich suchte die Polizei nach Zeugen.
Am Boden lag sein MP3-Player.
Sie warf das Messer weg, das für die Reifen seines Rades bestimmt war.

Als er ein kleiner Junge war, hatte er im Bett gelegen und über die Gebete nachgedacht, in denen vom ewigen Leben die Rede war. Er wusste genau, wer damit gemeint war: seine Großmutter und deren Schwestern. Für ihn waren sie schon immer steinalt gewesen, sie kamen als geschlossene Formation zu den Geburtstagen, erzählten immer spannende Geschichten, vom Kaiser, vom Krieg, vom Konsum. Und sie kamen immer und immer wieder. Sie lebten schon eine Ewigkeit.
In Ewigkeit, Amen. So war das also im Vaterunser gemeint. Nun lag er wie damals als Kind im Bett. Er war dem Tod begegnet. Er hatte sich dies-

mal nicht in sein Leben geschlichen, er war ungefragt hereingetrampelt, großer Auftritt mit schweren Schuhen. Aber er konnte sich nicht erinnern, was geschehen war. Die Ärzte rätselten, ob es ein Unfall war oder ein Selbstmordversuch. Er rätselte mit ihnen. Er rätselte, ob er noch lebte oder ob er, längst tot, vom Leben träumte. Er erkundigte sich nach seinem Rad. Es hatte nur Kratzer abbekommen.
Er überlegte, wann er dem Tod das erste Mal als Kind begegnet war. Dann sprach er das Vater-unser-der-du-bist-im-Himmel und schloss die Augen.

Sie saß am Tisch in der Küche, als er plötzlich hinter ihr stand. Er musste sich angeschlichen haben. Er hatte ein Kondom gefunden, er hielt es in der Hand. Sie fand es ekelhaft, es roch, es war klebrig. Er stand damit minutenlang. Das Kondom schaukelte etwas vor ihrer Nase. So hatte sie ihn noch nicht gesehen. In der Pose des Vernehmers, eine Hand auf dem Rücken. Er fand es toll. Er hatte sich verwandelt, von ihrem Mann war nichts übrig. Er war Bulle. Er nannte dieses Gummiding ein Beweisstück. Sie leugnete, aber er lachte. Ich bin Kriminalist, sagte er. Dann vernahm er sie. Fangfragen wie Lassos, in denen sie sich verhedderte. Sie hatte keine Chance. Er hatte einen kleinen Kreis um die Fundstelle gezogen, rote Kreide, ein Pfeil. Er hatte Nachrichten von ihrem Handy gelesen, er kannte jeden Termin, jeden Treffpunkt. Er hatte alles genau beobachtet. Er holte immer neue Beweise heraus. Fotos aus dem Park, Fotos von der Haustür des Geliebten. Fotos – sie am Rettungshubschrauber. Dabei leugnete sie längst nicht mehr. Neue Fotos. Sie fragte sich, warum er sie nicht früher gestellt und gestoppt hatte. Er war doch ihr Beschützer. Beweise, zischte er stolz. Beweise. Er war ganz aufgekratzt, er hatte einen Fall gelöst. Dann schwieg er und setzte sich zu ihr. Sie atmete kaum mehr. Er saß an dem Tisch und holte seine Waffe aus der Pistolentasche. Er säuberte seine Waffe. Es war eine Browning, sie hatte einen schwarzen Lauf und einen dunkelbraunen Griff. Sie saß da und hatte Angst, vor ihm und um den anderen Mann, ihren Geliebten. Alles stand auf dem Spiel. Sie dachte an dieses Gemisch aus Blut und Urin, das einmal über sie geflossen war. Sie wusste, dass es vorbei war, aber nicht, wie es enden würde. Sie glaubte nicht daran, dass wieder ein Beschützer in ihr Leben treten würde.

Der Tod hatte in der Kirche gewohnt, gegenüber der Wohnung, in der er groß geworden war. Die Kirche war ein düsterer Klinkerbau mit einem stets gebohnerten Fußbodenbelag im Treppenhaus und einem nichtssagenden Jesus am Kreuz, dessen Anblick nicht gerade auf die Auferstehung einstimmte. Unterm Dach lebte ein Mann mit dem Namen Modergroschen, er übte einen Beruf aus, dessen Bezeichnung bereits ein Glaubensrätsel war: Katechet. Er humpelte, hatte einen Krückstock und einen Dackel, den er angeblich in einen Pappkarton stecken konnte, um ihn in einen Löwen zu verwandeln. In seiner Wohnung hing ein Bild vom letzten deutschen Kaiser. Mit Helm und geschwungenem Bart. Herr Modergroschen war gläubig, so fern es den Herrgott betraf, ungläubig in Bezug auf Kommunisten und Amerikaner. Er bezweifelte energisch die Mondlandung, die Gott nie zugelassen hätte, und die Zukunft des Arbeiter-und-Bauern-Staates. Aber was hatte Gott alles schon zugelassen? Die Kinder trauten sich nicht zu fragen, warum der angeblich allmächtige Vater seinen Sohn hatte hängenlassen. Und warum man das Buch über diesen Mord »Frohe Botschaft« nennen sollte. Toller Vater, dachte er. Sagte es aber nicht. Gott sollte es nicht bemerken.
In der Wohnung, direkt unter dem Glockenturm,

war das Geläut unerträglich laut. Die Schüler zuckten zusammen, wenn sie bei Modergroschen am Tisch saßen. Es dröhnte jedes Mal in der Unterrichtsstunde mitten in das Vaterunser hinein. Als sollten die Sätze eingehämmert werden. Gottes Wort war ein pünktlicher Glockenschlag. In solchen Momenten wuchs der Glaube in ihm, ein seltsames Gemisch, das nach Vergangenheit roch. Instinktiv hielt er seinen Besuch der Kirche vor anderen geheim, aber auf Dauer gelang dies nicht. Irgendjemand hatte ihn beim Betreten der Kirche gesehen. Mitschüler fragten, ob es denn in der Kirche spuke. Er verneinte, dachte an Herrn Modergroschen (den sie heimlich Schimmelpfennig nannten), das Bild des Kaisers, die Glocken und war sich nicht ganz sicher. Wenn er in die dunkle und kalte Kirche ging, hatte er immer das Gefühl, eine Grabkammer zu betreten. In der er jetzt vielleicht schon lag.

Sie dachte an ihren Geliebten. Wieso hatte sie ihn erst so spät kennengelernt, erst als Kranken? Und warum hatte sie ihrem Mann nicht die Wahrheit gesagt? Sie hatte manchmal überlegt, mit ihm zu reden. Erst schien es ihr zu früh, dann war es zu spät. Sie hatte das Gefühl für ihren Beschützer nie ganz verloren, obwohl es längst mehr dem

Schutz als ihm selbst galt. Es gab keinen idealen Zeitplan für Trennungen. Die Welt der Gefühle war unergründlich. Wie der Glaube. Nicht einmal den Tieren, die ihr im Traum erschienen waren, hatte sie alles erzählt. Auch nicht Maria, zu der sie gebetet hatte. Warum war sie so feige? Und warum hatte sie alles aufs Spiel gesetzt? Sie war eine Egoistin geworden, dachte sie. Sie hatte sich entschieden, gegen die Sicherheit, für das Risiko, gegen die Stärke, für die Schwäche. Sie bereute nichts, nicht einmal den Gedanken, nun Opfer ihrer Liebe zu werden. Sie dachte an ihren Sohn, dem sie noch so viel erzählen wollte, von ihrem Leben, von ihren verschiedenen Leben, von dem mutigen Jungen, der unter dem Pferd durchlaufen konnte, dem Großvater und den Schiffen, die schwarze Menschen über das Meer brachten. Über das Bett des Kindes hatte sie ein Bild von Maria gehängt, einer schwarzen Maria mit einer silbernen Träne. Sie wünschte, der Mann ihrer Träume wäre nie ihrem Traum entstiegen. Oder nur dort. Dann legte sie ihre linke Hand zwischen ihre Schenkel und dachte an ihn.

Er war achtzehn Jahre alt, als er Rainer Maria Rilke las. Die Zeilen schienen etwas zu beschreiben, was weit weg war, aus einem anderen Leben und für ein anderes Leben. Literatur ist die Auferstehung zu Lebzeiten, hatte ein Freund zu ihm gesagt. Dieser Freund spielte mit sehr langen Fingern Klavier und er las dazu Texte von Rilke: Der Tod ist groß. Wir sind die seinen, wenn wir uns mitten im Leben meinen. Es war an der Ostsee, über die eine gelb-blaue Fähre nach Schweden glitt. Er war Soldat, unfreiwillig, er sah oft dem Schiff hinterher und sehnte sich hinfort aus dem Krankenland. Diese achtzehn Monate waren sterbenslang. Die See war ein Trost, weil sie alles wegspülte, der Wind war ein Trost, weil er die Worte der Offiziere einfach wegblies. Die Offiziere rätselten, ob er dem Schiff hinterherschwimmen würde und wer und wie Rilke war – feindlich-negativ oder sozialistisch-positiv. Die Offiziere waren ungebildete und sehr laute Menschen, die Reclam-Bücher und Reklame-Hefte nicht unterscheiden konnten. Einer von ihnen stand Tage nach der Entlassung wieder vor der Kaserne und bat um Einlass. Er bettelte, bis sie ihn zurücknahmen wie eine leere Flasche. Ein Leben, in dem er selbst über seine Bekleidung entscheiden musste, war ihm zu unübersichtlich. Er wollte da sein, wo Winter und Sommer befohlen werden. Die Ungebildeten kosteten es aus, über die Gebildeten bestimmen zu können. Das

war die Arbeiter-und-Bauern-Macht. Einer brüllte unentwegt, die rote Farbe wich gar nicht mehr aus seinem Gesicht. Wenn er vor der roten Fahne stand, wirkte er kopflos. Rilke musste ein Staatsfeind sein. Als die Offiziere von der Lesung erfuhren, wurde ein Suchauftrag beim Staatssicherheitsdienst gestartet – nach Rilke. Ein Offizier schrieb etwas über den Dichter aus einem Lexikon ab, ein anderer kam zur Lesung – auftragsgemäß. Er ertrug Rilkes endloses Cornet und das Klavierspiel. Er registrierte, dass ein Bild des Staatsratsvorsitzenden in dem Saal mit einem blauen Tuch verhüllt worden war. Der Saal war voller Soldaten, die mit den Blicken der Schwedenfähre und mit den Gedanken nun Rilke folgten. Auf Rilkes Versen fuhr jeder in sein Land. Hauptsache weg. Der Offizier aber sah nur den verhüllten Staatsratsvorsitzenden. Der Staatschef war der Romantik geopfert worden. Das ging zu weit. Alarm. Stiefelschritte. Alle wegtreten. Gebrüll.
Damals musste er allein zum Kommandeur. Wie in der Schule, der Egoist, war er wieder allein. Er musste den langen Gang entlang, den er so oft gebohnert hatte. Anklopfen. Erst eintreten, wenn der Befehl kommt. Noch mal raus. Anklopfen. Ja. Eintreten. Hände an die Hosennaht. Meldung machen. Stehen Sie bequem. Automatensätze. Er

sollte sich rechtfertigen, er sollte einen Fehler bereuen. Aber er weigerte sich. Er verteidigte den toten Dichter. Erst sprach der Offizier leise, dann wurde er lauter, schließlich brüllte er. Das Wort Staatsratsvorsitzender wurde immer länger. STAAAATSRAAATSVOOORSITZENDER.

Gleich platzt er, dachte der aufmüpfige Soldat. Eine Explosion, oder eine Implosion? Fragte er sich. Der Kommandeur sah seltsam unvollständig aus ohne Kopfbedeckung, als hätten Mütze und Helm nicht nur die Weltsicht, sondern auch den Schädel verformt. Da oben fehlt etwas, dachte der Soldat. Er hielt das Buch mit den Gedichten ganz fest in der Hand und grinste den Kommandeur an. Er dachte nicht daran, etwas zu bereuen. Er fand den Mann, dem etwas Gehirn fehlte und der bunte Schulterstücken hatte, einfach nur lächerlich. Dann sagte er Sätze, in denen mehrfach das Wort »Ich« vorkam. Und ging. Ohne Meldung zu machen. Ohne auf einen Befehl zu warten. Ohne zu fragen. Er hatte das Kommando über sich selbst übernommen. Er knallte die Tür. Er lachte so laut im Kasernenhof, dass es von den Wänden widerhallte. Es hätte nicht viel gefehlt und das Bild des Staatsratsvorsitzenden wäre von der Wand gestürzt.

Direkt auf den Kommandeur.

Ihr Kommandeur saß lange mit der Pistole am Tisch. Stunden, gefühlte Tage. Er hatte sie stets beschützt. Aber nun war er eine Gefahr für sie. Der Sohn durfte nicht wach werden. Sie schwieg. Sie verstand ihren Mann nicht, nicht dessen besitzergreifende Liebe. Fast war sie davon gerührt. Dann schob er seinen Stuhl zu ihrem. Er berührte sie, strich ihr über das Haar. Ihr Körper wurde fest, jeder Muskel an ihr verkrampfte. Eine Hand zitterte, sie schob sie unter den Oberschenkel. Warum?, fragte er. Sie konnte nicht antworten. Ihr Mund war wie ausgetrocknet. Wie ein Flussbett in ihrer Heimat. Sie schwieg, er schwieg zurück.

Er ist doch krank, sagte er leise, unheilbar krank.

Sie zuckte zusammen. Die Situation war grausam genug. Sie hatte nicht gedacht, dass es noch schlimmer kommen würde. Aber nun war es passiert.

Woher wusste er das? Wie hatte sie sich in ihm so täuschen können?

Ein paar Jahre, sagte er, dann ist er ein Pflegefall.

Er hatte ihn beim Weg zum Arzt beobachtet. Erst dachte er, es ginge um eine x-beliebige Beratung, dann waren ihm diese merkwürdigen Bewegungen aufgefallen. Er hatte kombiniert, er war fassungslos über das Ergebnis seiner Ermittlungen.

Er verstand es nicht, sie nicht. Einen unheilbar Kranken gegen einen Kerngesunden? Was war das für ein Tausch?
Auch ihr ging das Wort unheilbar durch den Kopf. Unheilbar war nun ihr Verhältnis zu ihrem einstigen Retter. Nie wieder. Nie wieder würde sie sich sicher bei ihm fühlen. Aber sie schwieg.
Er saß immer noch neben ihr. Dann stand er auf, die Pistole in der Rechten, die sie einst gerettet hatte. Er hatte das Datum ihrer ersten Begegnung in den Griff der Browning gekratzt, die er immer bei sich trug. Wenn er zu ihr ins Bett gekommen war, hatte er die Pistole in seinen Nachttisch gelegt. Nun hielt er die Waffe wieder fest. Sie schloss die Augen und nahm Abschied. Das Schiff ist gekommen, das mich endlich zurückbringt, dachte sie. Zu dem Jungen, zu dem Großvater, in das Dorf. Der Mann hatte sie gerettet mit einer Kugel, jetzt würde er sie töten. Sie summte leise. Die Augen zu. Sie sah ihn, wie er den Lauf der Pistole auf sie richtete. Dann hörte sie Schritte und wie die Tür ins Schloss fiel. Er war gegangen, wortlos. Als zwei Polizeibeamte wenige Stunden später kamen, fanden sie die Beweisstücke ihres Kollegen, durchnummeriert. Es war ihr nicht peinlich. Sie leugnete nichts. Sie haben nichts zu fürchten, sagte einer der beiden Beamten.

Es sei ein Suizid gewesen, klarer Fall. Ihre Augen stellten wortlos Fragen. Er hatte sich das Leben genommen. Den Schuss hatte sie nicht gehört. Er hatte ein letztes Mal Rücksicht genommen.
Sie wollte weinen, aber es flossen aus ihr keine Tränen. Sie ertappte sich bei dem Gefühl der Erleichterung. Ihr Sohn hatte nichts bemerkt.

Das Rilke-Gedicht vom Tod sagte er am Grab seiner Schwester auf. Sie war ein kleines wackeliges Menschenkind gewesen. Ein wenig wie er jetzt, so war sie durchs Leben gestolpert und gestürzt. In der Straßenbahn konnte sie nie freihändig stehen. Er hätte gern einmal ein Foto ihres Hirns gesehen, jetzt, wo er doch Experte war. So oft war sie gefallen, dass die Brillenränder Narben an ihren Augenbrauen hinterlassen hatten. Niemand kannte ihre Krankheit. Die Ärzte versagten die Antworten. Sie war behindert, wie schrecklich das klang, mit einem Ausweis. Dann fiel ihre Lunge zusammen. Sie lag von Schläuchen und Ängsten durchzogen wortlos im Krankenbett und zeichnete, kritzelte. Und schrieb seinen Namen. Das Leben wich langsam aus ihr. Ihr Tod dauerte Wochen, er nahm erst besuchsweise Platz neben dem Kind in der Intensivstation. Er wechselte sich ab

mit den Eltern und dem Bruder. Dann kam er in immer kürzeren Abständen, dann blieb er. Der Tod war nun ganz in ihrer Nähe, er wurde gegrüßt von den Besuchern. Und der Tod grüßte zurück mit einem schwarzen, zahnlosen Lächeln. Die Mutter schrie auf Knien liegend, als der Tod die Tochter mit sich genommen hatte. Mein Kind ist tot, mein Kind ist tot. Es war ein langer Schrei, der nie endete. Er musste nur die Augen schließen, um ihn zu hören. Damals bekam er ein Gefühl für die Zerbrechlichkeit der menschlichen Existenz. Die Zweifel bahnten sich ihren Weg durch seine Gewissheiten und seine Gedankenwelt, in der es piepte und klickte wie auf der Intensivstation.
Dann starb sein bester Freund, die Lungenzellen hatten sich in nutzloses Gewebe umgewandelt. Wer hatte das getan? Als er starb, lag ein verschlossener Brief neben ihm. Er hatte ihn nicht mehr erreicht. In dem Brief war von einer Freundschaft die Rede, von der Liebe zweier Männer. Der Tod war nie ausrechenbar. Er stand an der Ecke und rauchte eine, wenn er lauerte. Er fing die Menschen, so wie die Menschen Ameisen tot treten, gedankenlos. Ohne Vorwarnung.

Dann starb ein Kollege, groß wie ein Bär, er schrumpfte einfach weg. Krebs. Kurz vor dem Tod erfuhren andere erst davon, dass der Kollege Bär große Söhne hatte. Auch der Sterbende schien sie erst jetzt zu bemerken. Je mehr der einst große Bär schrumpfte, desto geringer wurde die Anzahl der Besucher, die erschienen. Das Geschwür wuchs, der Freundeskreis schrumpfte. Die gestiegene Lebenserwartung hatte nicht zu größerer Gelassenheit gegenüber dem Tod geführt. Diese Feiglinge, die von Mut so oft redeten und erst zur Trauerfeier erschienen. Der große Bär trat eine seltsame letzte Reise an, in einem kleinen Fischerkahn. Den toten Bären hatten sie so klein bekommen, dass er in eine Urne passte. Sie stand tiefschwarz und schief an der Stirnseite des Tisches unter Deck. Kaffee und Kuchen wurde gereicht während der Abschiedsreise auf dem Bodden. Der Kahn schaukelte, die Urne verrutschte ein wenig, wie ein letztes Lebenszeichen des großen Bären. Streusel kullerten vom Kuchen. Dann stoppte der Kahn, Blumen, eine Glocke, die hell klang, heller als die von Modergroschen. Plattdeutsche Seemannsweisheiten ohne Tiefgang. Irgendetwas mit »lütt«, »glüwen« und »Fru« am Wasser. Hohe See statt Vaterunser im Himmel.

So war das also, wenn es nicht klappte mit dem ewigen Leben. Die alten Tanten hatten ihren Trick für sich behalten. Das Wort Vorfahren bekam für ihn nun einen anderen Klang. Hier unten er, da oben diejenigen, die bereits vorgefahren sind. Ihn beunruhigte die Ungewissheit des Todes nicht mehr. Er fand die Aussicht auf den Himmel so schön wie die Sicht über das Meer. Es ist doch herrlich, dort oben schon so viele zu kennen, dachte er. Er war neugierig auf Gott und einen seiner Freunde, der eine letzte Partie Schach wegen seines Krebstodes kurzfristig abgesagt hatte. Ja, Gott. Ich bin bereit, über alles Auskunft zu geben, Rechenschaft ablegen, ja. Aber ich werde es nur tun, wenn Du es auch tust. Erst Du, dann ich, wollte er zu Gott sagen. Ich werde ihn als Erstes nach meiner Schwester fragen, die so jung gestorben war. Dann spuckte er in die See.

Als er wieder zu sich kam, stand sie neben seinem Bett. Sie hatte sich besonders schön angezogen, das sah er gleich. Er hatte noch Schwierigkeiten zu trennen zwischen seinen Träumen und dem, was er nun beobachtete. Ihre Augen waren wunderbar, so dunkel, sie passten nicht in diesen weißen Raum. Noch nie hatte er Augen gesehen, in die man so tief blicken konnte. Bis ins Herz, dachte er, oder bis an einen fernen dunklen Punkt. Das Kleid war im Ton ihrer Stimme. Ganz sanft. Ihre Schritte setzte sie so behutsam, als wollte sie den Krankenhausboden nicht betreten. Sie schien zu schweben. Wie schwarz sie ist, dachte er. So schwarz. Er sah sie lange an und überlegte, welchem Tier sie ähnlich sei. Er dachte an einen Besuch im Tierpark, der Jahre her war.

Sie sagte: Hallo, wie geht's dir. Er hörte sie nicht, er musste erst die Kopfhörer absetzen.
Sie gab ihm die Blumen, die sie für ihn gepflückt hatte. Grabschmuck, dachte er und bedankte sich.
Er redete von den Brüchen seines Armes. Sie dachte an die Brüche seines Lebens.
Man kann mit Parkinson sehr alt werden, uralt, sagte sie. Und lächelte.
Er war überrascht. Woher wusste sie das?
Sie sagte: Deine Krankheit stört mich nicht.
Er war erleichtert – und ärgerte sich. Es war doch seine Krankheit.
Seine. Seine. Seine.
Sie sagte, sie habe sich von ihrem Mann getrennt. Sie wollte immer bei ihm sein.
Dann setzte sie sich und schwieg. Er sagte kein einziges Wort. Er dachte: Was geht sie das an?
Ihre Gedanken vermehrten sich wie Zellen, die

sich pausenlos teilen. Aber sie sprach nichts aus von alledem, von ihrer Angst, Angst, Angst um ihn und um sich selbst. Sie musste ihn ja schonen.
Und er fragte auch nicht. Ihm war das Fragen anderer vergangen. Wenn er jemanden ausfragen wollte, dann sich selbst. Aber das war verdammt schwer. Er kannte ja seine Art zu fragen. Er fand immer Ausflüchte. Er war mit sich beschäftigt. Er hatte sich nie nach ihrem Sohn erkundigt. Er tastete sein Leben ab, seines, seines, seines, wie ein Blinder, dessen Finger wie Sensoren sind. Aber nur seines.
Sie saß da und hörte die Worte, die er nicht aussprach. Und überhörte, was er sagte.

Früher fand sie die Formulierung – ich bin ganz Ohr – lächerlich. Aber jetzt beschrieb dieser Satz ihren Zustand. Sie hörte zu, wenn sie ihn besuchte.
Sie war ganz Ohr.
Jeden Tag kam sie zu ihm.

Ihm war nach Flucht zumute. Nach Rückzug. Ihre Liebe überwältigte ihn. Er hatte das Gefühl, ausgeliefert zu sein, einer Übermacht. Kein Platz für ihn selbst. Wie an jenem Tag, als der Besuch

von drüben sich für immer eingenistet hatte und einfach nicht mehr gegangen war. Auch auf diesen Tag hatte er sich gefreut. Und wie. Diese verdammte Krankenstation wurde aufgelöst. Auf Nimmer-Wiedersehen.
Aber als die Geldtransporter durch sein gehäutetes Krankenreich fuhren, hatte er sich zurückgezogen in ein kleines Dorf ganz am Rande des Landes. In ein unfertiges Haus, altes Gebälk. Die Freude verflog. Die Leute aus den Geldtransportern wurden in dem Dorf wie Wunderheiler empfangen. Sie wedelten mit den blauen Scheinen. Lauter coole Cowboys kamen da mit viel Geld und vielen abgelutschten »O.K.s«. Manche Ureinwohner führten sich auf wie Wilde in schlechten Filmen. Glasperlen, dachte er, Neger. Kranke.
Drüben war jetzt überall. Aber er hatte damals das Gefühl, etwas verteidigen zu müssen, was er nie zuvor verteidigen wollte. Freiheit und Fremdheit waren ein seltsames Bündnis eingegangen. Das neue Geld schaffte es bis in den letzten Winkel des Landes. Der Wirt des Dorfes stand vor der leeren Schänke. Er hatte den Sozialismus überlebt, aber jetzt mutierten seine Alkis zu Heimtrinkern, sie tranken billiges Büchsenbier und nicht sein teures Gezapftes. Der Wirt stand vor der Kneipe, lehnte an dem Türpfosten und fing geschickt

die Fliegen, die sich auf seinem dicken Arm niederließen. Eine nach der anderen, als wollte er die Luft leer fangen. Danach war Stille, eine vollkommene, fliegenlose Ruhe. Eine Ruhe, die ihm damals wie Totenstille vorgekommen war, aber nach der er sich nun sehnte. Dieses Dorf war eine erlebnisfreie Zone, als wäre das Wort Hektik noch nicht erfunden worden, als gäbe es dort nicht diese tickenden Uhren, die gnadenlos die Lebenszeit portionierten und rationierten.
Als wäre drüben drüben geblieben.
Der Wirt nickte ein, wie jeden Abend. Seine Nase war krumm, weil er so oft am Tisch auf seinem Arm eingeschlafen war, das Gesicht dabei auf der Nase abgelegt hatte. Sie schlug einen richtigen Haken davon, als wollte sie den Gästen heimlich zuschauen. Auf seiner Speisekarte standen Soljanka und Bauernfrühstück. Dazu gab es weißes geraspeltes Kraut. Er änderte nichts daran. Er renovierte und tapezierte sein Lokal mit der gleichen Tapete. Undefinierbares Hellbraun mit Braun. Aber die Leute wollten das Neue, sie wollten das Alte wegwerfen und bemerkten nicht, wie sehr sie Teil davon waren. Ihr Leben war nicht zu trennen von dem, was gewesen war. Sie ärgerten sich, ihr neues Geld auch für Klopapier ausgeben zu müssen.
Sie spielten wieder, aber nur die wenigstens be-

herrschten die neuen Regeln. In den Zeitungen wurden sie verspottet, weil sie Schrottautos für viel Geld kauften, diese Neger. Und Pornos. Die nächsten Transporter brachten einen neuen Wortschatz. Er war so kompliziert wie der seiner Krankheit. Und seiner Liebe. Warum, fragte er sich, siegt in mir die Skepsis über die Neugier? Ein großer Misthaufen Erinnerung versperrte ihm die Sicht auf sein Leben.

Er begann zu schwitzen, wenn sie das Zimmer betrat. Er freute sich. Tagsüber gingen sie auf dem Gelände der Klinik spazieren, ein kleines Waldstück in einem früheren Moor gehörte dazu. Sie liebten die Stelle am Rand des Waldes, an der der Boden so vibrierte, dass die Bäume schaukelten. Wenn sie hochsprangen, hielten sie sich an den Händen. Wenn sie landeten, spürten sie die Wellenbewegungen des Bodens unter den Füßen. Die Bäume nickten ihnen zu, als übten sie das Grüßen. Der Grund unter unseren Füßen schwankt, dachten beide. Im Wackelwald. Aber sie sprachen es nicht aus. Sie liebten sich wortlos im Krankenbett. Er musste sich festhalten, linke Hand am Metallgitter. Das ganze Bett wackelte von seiner Krankheit und ihrer Hingabe. Er dachte dabei an die Schwester mit den Atomwaffen. Sie an den schwankenden Grund.

Nachts träumte er nicht mehr die alten Geschichten aus dem kranken Land, auch die Frauen mit den falschen Körperteilen verschwanden. Jeden Tag freute er sich auf die Stunden, die sie kommen würde, und erschrak, wenn sie in seiner Tür stand. Seine Sehnsucht nach Liebe war größer als die Liebe, die er empfand. Er musste lernen, die Fremdheit zu sich selbst zu überwinden. Er musste aufhören zu spielen.
Er zog sich immer an, bevor sie kam. So gut es ging. Sie übersah, wenn sein Hemd falsch geknöpft war und er im Restaurant den Kaffee verschüttete und sie unterließ es, ihm etwas abzunehmen. Manchmal verzichtete sie auf eine Bestellung, nur damit er nicht zwei Dinge gleichzeitig tragen musste. Wenn sie draußen aus der Ferne Patienten entdeckte, die gebückt oder an Krücken liefen, dann lenkte sie seine Schritte in eine andere Richtung. Unmerklich. Dachte sie. Aber er bemerkte es. Es war doch sein Job, Fragen zu stellen, Blicke zu interpretieren, misstrauisch zu sein.

Sie sprach von einer gemeinsamen Wohnung und dachte an eine zu ebener Erde, obwohl sie doch so gerne ganz oben wohnte. Schweiß stand auf seiner Stirn. Wie schön, sagte er. Er freute sich wirklich.

Er hatte ja Lügen gelernt.
Natürlich liebte er sie. Ja. Ja und nochmals Nein. Wenn sie sich liebten, überkamen ihn Zweifel. War er das noch, der sich so hingab? Oder war das schon die Wirkung der Medikamente? Hatten ihm die Agonisten, die er schlucken musste, einen Streich gespielt? Aus ihm einen Antagonisten gemacht? Erlebte er dies alles tatsächlich oder war es nur ein Trugbild? Gab es diese Frau? Er kam sich vor wie in einer Presse, einer Saftpresse, die alles aus ihm herausquetschte.
Diese Frau war ein Glücksfall. Sie kam ihm näher, aber er wusste nicht mehr um sich selbst, wer er war und was er wollte. Wenn sie wieder weg war, überlegte er, was schrecklicher wäre, mit ihr und ohne sie. Immer einen Beobachter an seiner Seite, einen Protokollanten seines Verfalls. Einen, der die Tabletten heimlich nachzählt und andere diskret auf die Begegnungen mit einem Behinderten einstimmt. Er hatte sich schon früher beobachtet gefühlt.
Krankenberichte waren wie Observationsprotokolle.
Stasi raus.

Einen Tag bevor sie ihn abholen wollte, schaute sie sich noch einmal diese Zeichnung im Internet an, den gebückten Mann mit den verkrampften Händen. Und sie las über das Land, aus dem er kam. Sie dachte an sich und ihren Sohn. Sie las sich fest in den Geschichten seiner Heimat und in den Hinweisen für die Angehörigen von Patienten. Parkinson, Par-kin-son, sprach sie Silbe für Silbe. Diese verdammten Beipackzettel. Diese Risiken und Nebenwirkungen. Sie war wie umstellt vom Leben ihres Geliebten. Wo war da noch Platz für sie? Wer würde noch nach ihr fragen? Sie fürchtete, dass er immer im Recht sein werde als Opfer. Sie fürchtete um ihr Leben. Sie hatte Angst, ICH zu sagen. Es gab unzählige Ratschläge, Hilfsmittel, Selbsthilfegruppen. Die Hinweise waren so formuliert, als wären die Angehörigen selbst behindert. Was tun, wenn mein Partner plötzlich stehenbleibt? Was tun, damit der Partner nicht stürzt? Irgendwann hörte sie auf zu lesen. Sie schämte sich, als sie sich bei der Frage ertappte, ob sie das wirklich wolle, ob sie das aushalten würde. Natürlich liebte sie ihn. Und dennoch überkam sie nicht das Gefühl von Glück, sondern von Zwang, von Eingesperrtsein, sie zitterte am ganzen Körper. Angst. Sie war wieder auf solch einem Schiff, sie wusste nicht, wohin es fuhr. Aber diesmal waren nicht die Eltern verantwortlich. Sie hatte selbst eingecheckt.

An dem Tag, an dem sie ihn abholen wollte, wurde er um fünf Uhr wach. Es war still. Und hell. Er freute sich so sehr auf diese Frau. Er liebte sie. Nach einem neuen Leben sehnte er sich. Er war ganz aufgeregt. Er blieb liegen und hörte auf seinen Atem, auf sein Leben, sein Innenleben. Parkinson Unser, sagte er und lachte. Dann hob er den linken Arm, dehnte ihn, dann streckte er die Finger nacheinander, bis die Hand ganz offen war. Erlöse uns von dem Bösen. Er richtete sich auf und hatte das Gefühl, in seinen Körper steigen zu können wie in eine Haut. Unser tägliches Brot. Sie fühlte sich so neu an, wie repariert. Dein Wille geschehe. Jeden Morgen war er in der Hoffnung wach geworden, geheilt zu sein. Diesmal schien es geklappt zu haben mit dem Wunder. Der Du bist im Himmel. Ungläubig sprang er im Zimmer hoch, er landete ohne Problem. Dann zog er sich seinen Trainingsanzug an. In Ewigkeit. Eine Stunde stand er so am Fenster. Je länger er wartete und hinausblickte, desto mehr störte ihn. Mein Reich komme. Sagte er. Es ärgerte ihn, dass der Horizont von Häusern zugestellt war. Er wollte doch die Sonne aufgehen sehen. Und das Schiff über die See gleiten sehen.
Amen.
In der Fensterscheibe sah er sich selbst: in der

Schulklasse, wie sich alle nach ihm umdrehten. Er sah sich in der Uniform, wie er die Tür der Kommandantur zuschlug. Er drehte sich um. Da stand Parkinson, sein neuer Kommandeur. Parkinson, Dienstgrad unbekannt, gab die Befehle. Parkinson hatte das Kommando übernommen.
Aber an diesem Tag verweigerte er den Gehorsam. Er lachte über seinen neuen Vorgesetzten. Befehlsverweigerung.
Er spürte, wie das Blut durch seine Adern floss. Er fühlte so viel Kraft wie schon lange nicht mehr. Er schlug mit der Stirn gegen den Schrank, ein rundes Loch hinein. Als er wieder aufblickte, war der Kommandeur verschwunden.
Mein Wille geschehe, dachte er. Wie leicht es ihm auf einmal fiel, die Jacke überzuziehen. Mein Wille geschehe. Langsam setzte er Fuß vor Fuß. Erst kleine Schritte, dann große. Es ging, er ging. Er entließ sich selbst und pfiff auf die Ärzte.
Er öffnete die Tür seines Zimmers. »Wegtreten!«, befahl er sich selbst und lachte. Mein Wille geschehe.
Er sprang die Treppen hinunter, das letzte Stück rutschte er das Geländer herab. Er spürte Kraft, aber merkte, dass sie nur für ihn selber reichte. Er musste sich lieben lernen, so wie er nun war. Allein. Mein Wille geschehe. Amen.
AAAaamen. Auferstehung. Geschafft.

Sie zögerte einen Moment, als sie vor dem Krankenhaus stand. Sie hatte lange über den ersten Satz nachgedacht, den sie an diesem Tag sagen würde. Zu ihm. Sie hatte einige Varianten auf Zettel geschrieben, geübt. Und sich nicht entscheiden können. Dann war sie einfach losgegangen.
Jede Ablenkung, jedes Hindernis war ihr recht auf dem Weg, die rote Ampel, der Bus, der etwas zu spät kam, die Frau, die nach dem Weg fragte.
Alles half am Ende nicht. Die schwere Tür des Krankenhauses öffnete automatisch. In ihrer Tasche steckten mehrere Zettel. Sie konzentrierte sich.
Sie hörte Schritte, aber sie dachte sich nichts dabei, nicht an ihn. Das waren schnelle, feste Schritte. Er konnte es nicht sein. Sie nahm die andere Treppe. Sie wurde mit jeder Stufe langsamer. Nun stand sie vor seiner Tür, sah das Schild mit der Patienten-Nummer. Warum dachte sie nur an das Hinweisschild an dem Gehege im Tierpark? Dann betrat sie sein Zimmer.

Das Wort Leere hatte in ihrem Leben bislang keinen Platz gehabt. Aber nun spürte sie Leere, unendliche Leere, leeres Zimmer, leerer Schrank, leeres Bett. Sie stand neben dem Bett, in dem er

gelegen hatte. Sein Geruch war noch da, ja, sie glaubte sogar ihn zu hören. Dann hörte sie nur noch sich atmen. Nicht einmal einen Brief hatte er hinterlassen. Nur einen Zettel auf dem Tisch – bekritzelt mit ein paar Kreisen, Zahlen und vielen Linien. Wie ein Misthaufen, dachte sie. Sie konnte darin keinen Sinn erkennen.
Sie ging an das Fenster und sah in den Hof.
Er hörte sie nicht rufen. Einen ihrer vielen vergeblich geübten Sätze schleuderte sie in den Hof. Umsonst. Er schloss sein Rad ab, er stieg auf und fuhr los. Dann rief er etwas ganz laut und unverständlich und freute sich, als er das Echo seiner Stimme vernahm.

***

Sie hatte diese Frage nicht erwartet. Aus der Tiefe seiner schwarzen Kapuze kam sie. Wie ein Pfeil aus dem Land ihrer Geburt drang er ein in sie. Was aus Vater geworden sei. Ob es stimme, dass er sie einst gerettet hatte. Ob sie Schuld habe an seinem Tod. Sie schwieg. Sie wusste wieder nicht, wann der richtige Zeitpunkt für die Wahrheit gekommen ist. Wie damals. Verpasst, dachte sie, als sie verstanden hatte, was die Fragen bedeuteten. Wieder verpasst. Jetzt, sechzehn Jahre alt und fast zwei Meter groß, ließ er sich nicht mehr abspeisen mit halben Sätzen und Viertelwahrheiten. Sie zögerte. Sie wusste nicht, wie und wo sie anfangen sollte zu erzählen. Die Pause war zu lang. Da kam aus der Kapuze die nächste Frage. Ob sie keine Eier habe. Es war keine Frage, es war eine Feststellung.

»Kaltes Licht, kaltes Ich, Seele in Zellophan. Druck ist groß, Brust ist schwer, denk mich weg.« Prinz Pi. Ihr Sohn hatte es an die Wand gesprayt.

Sie hatte es gelesen, aber nicht verstanden. Sie hatte doch alles für ihn getan. Manchmal hatte sie ihn bei einer Freundin gelassen und nicht gesagt, wohin sie fährt. Jetzt verstand sie.

Er zeigte auf seinen Schreibtisch, auf dem lauter beschriebene Zettel lagen, wie Puzzlesteine, mit Pfeilen, Namen und Kreisen. Sie erschrak. Warum hatte sie diese Blätter nicht besser weggeschlossen? Dann zeigte er auf seinen Computer. Im Internet war er auf den Namen seines Vaters gestoßen. Von dem rätselhaften Tod eines Polizisten war da die Rede. Die Worte auf den Zetteln passten dazu, sie waren wie Passwörter zur Vergangenheit.

Dann hatte er die Fragen gestellt.

Worte voller Wucht. Sie rang nach Luft.

Druck ist groß, denk mich weg.

Am Tag, nach dem sie die Fragen getroffen hatten, saß sie mit ihm in einem Zug. Der Pfeil steckte noch in ihrer Brust. Sie hatte ihrem Sohn die Wahrheit versprochen. Ja, die ganze Wahrheit. Aber gab es eine Wahrheit? Du sollst alles erfahren, hatte sie gesagt. Aber sie hatte ihm nicht sagen wollen, wohin die Reise gehen soll. Er blieb skeptisch. Kapuze auf. Sie redete vom ersten bis zum letzten Meter der Fahrt, von Liebe und Krankheit und Tod. Von kranken Ländern, von Heimat und einem Glas Sekt. Es war sehr kompliziert. Er war ganz Ohr, er ließ die Worte in sich eindringen und die Landschaft an sich vorbeiziehen. Sein Leben. Eine Zugfahrt voller Muttersprache.

Als sie den Bahnhof erreicht hatten, bemerkte er, wie unruhig seine Mutter wurde. Ihr fiel nicht auf, dass sie nun schon wieder beobachtet wurde. Er registrierte alles, ihre Aufregung und wie bekannt ihr dieser Weg war. Sie setzten sich in ein Taxi. Sie sagte einen Straßennamen und schwieg. Nun begann auch sein Herz zu rasen. Noch eine Kreuzung, noch eine Biegung, eine Ampel, eine rot-weiße Schranke ging hoch. Sie stiegen aus an einem wunderschönen Fachwerkhaus im Wald, vor dem zwei Frauen in weißen Kitteln Zigaretten rauchten. Grußlos ging sie vorbei an den Schwestern, sie nahm ihren Sohn an die Hand, als wäre er erst sechs, nicht sechzehn. Die Schwestern stießen sich an, als sie den Jungen sahen. Er sah wirklich gut aus. Sie öffnete die schwere Tür des Hauses. Je näher sie dem Ziel kam, desto schneller wurde sie. Fast rannte sie, Stufe für Stufe hinauf. Sie musste nicht auf das Schild an der Tür schauen. Sie öffnete die Zimmertür und zog ihren Sohn mit sich in den Raum. An dem Tag, an dem sie zu ihm fuhr, saß er am Tisch. Sein Kopf wackelte, als würde der Frost ihn schütteln, um seine Gedanken durcheinanderzuwirbeln und neu zu sortieren. Er saß auf seiner Linken und lächelte. Er grüßte sie mit ihrem Namen, als sie mit einem jungen Mann den Raum betrat. Er staunte, wie groß und schön ihr Sohn war. Auf dem Tisch lagen Blätter, eng beschrieben. Namen, Jahreszahlen, Pfeile und Linien, auf einem Blatt war ein Pferd zu sehen, unter dem ein Junge durchlief. Dazu gab es Fußnoten mit Erklärungen und Versen. Träume segeln übers Meer, meine Worte hinterher, stand auf einem Blatt.

Er lächelte geheimnisvoll und sah sehr zufrieden aus.

Ein letztes Mal in seinem Leben hatte er für Verwirrung gesorgt.

Anhang

Eine persönliche Bemerkung

Die Handlung dieser Geschichte ist frei erfunden.
Aber sie beruht auf Erfahrungen, die ich gemacht habe oder von denen mir andere Patienten erzählt haben.
Ich weiß nicht, wann ich an Morbus Parkinson erkrankte. Ich weiß nur, wann die Krankheit diagnostiziert wurde: im Herbst 2008. Diese Krankheit hat mich verändert, nicht nur meine Bewegungen. Manchmal suche ich Kraft in sehr alten Texten. Im Psalm 103 heißt es: Lobe den Herrn, meine Seele, und vergiss nicht, was er dir Gutes getan hat.
Ich vergesse nichts von dem Guten. Und ich werde ja weiter beschenkt. Ich bin vielen Menschen dankbar.
Einige nenne ich, die anderen habe ich nicht vergessen. Ich danke den Mitarbeitern der Schlossklinik in Bad Buchau. Ich danke Georg Ebersbach und dem Team in Beelitz-Heilstätten. Es gibt großartige Menschen, die sich nicht nur um meine Bewegungsabläufe kümmern.

Ich danke vielen beim *Spiegel.* Der *Spiegel* ist mehr als ein Arbeitgeber. Von der ersten Sekunde an habt ihr euch wunderbar verhalten. Danke Georg, danke Holger, danke Frank, danke Ina …

Einige Menschen haben mich zum Schreiben ermutigt, auch ihnen will ich danken. Elke Rutzenhöfer sei besonders gedankt für ihre Begleitung.

Ich danke allen, die mich lieben, ertragen und ermutigen, meiner großartigen Frau, die mich so sehr beschenkt hat und immer neu beschenkt. Conny, ich danke dir.

Ich danke Heinz, dessen Kraft ich bewundere und mir wünsche. Ich danke Claus, dem lustigen Invaliden, für seine Freundschaft.

Und ich danke unseren vier wundervollen Kindern Lisa, Lukas, Florian und Tobias. Ich habe immer versucht, euch auf den Händen zu tragen. Längst habt ihr begonnen, mich zu tragen. Ach, und dann ist da die kleine Nike, sie hat mir einen wunderbaren Spitznamen gegeben – Hoppela-Opa.

Die heile Welt der Kranken

Über den Versuch, mit Morbus Parkinson zu leben

Der erste behinderte Mensch in meinem Leben war meine kleine Schwester Marlis. Sie lernte spät laufen. Ich erinnere mich, wie ich sie mit Süßigkeiten lockte. Unser Flur war zehn Meter lang, sie krabbelte rauf und runter, immer der Schokolade hinterher. Da konnten andere Kinder längst gehen. Später lief sie so wie ich manchmal heute, etwas wacklig.

Wir lebten in der DDR, unter neuen Menschen also, unter entwickelten sozialistischen Persönlichkeiten, die von früh bis abends die Vervollkommnung der sozialistischen Gesellschaft im Blick hatten. Kurz: Wir lebten im Phrasenland.

Im Phrasenland war kein Platz für Menschen mit Behinderungen. Weder im Menschenbild. Noch in der Arbeitswelt. Erst recht nicht in der Zeitung. An jeder Ecke standen Heroen in Bronze, muskulöse Arbeiter mit stolzem Blick, der Zukunft zugewandt. Hätte es die diakonischen Einrichtungen nicht gegeben, ich weiß nicht, was aus den Behinderten geworden wäre im Arbeiter-

und-Bauern-Staat. Schwäche war nicht gefragt im Klassenkampf.
Als klar war, dass meine Schwester auch langsamer lernen würde, war dies ein Schock für eine christlich geprägte Familie, die mit Leistung die »falsche« Weltanschauung auszugleichen suchte. Behindert kam meine Schwester auf eine Schule für Behinderte. Integration war ein Fremdwort. Stieg sie in die Straßenbahn, dann musste sie sich bei jedem Schritt festhalten, sie schwankte, viele glotzten. Ihr war es unangenehm. Sie war zu schwach, um sich zu wehren. Manchmal sprachen wir die Gaffer an. Es kostete Überwindung. Nun wackle ich, ihr großer Bruder. Diagnose Morbus Parkinson. Auch meine Welt schwankt. Um mich herum sind keine neuen Menschen, aber auch das Menschenbild von heute grenzt aus. Es steht schwarz auf weiß in den Stellenausschreibungen. Flexibel sei der Mensch, einsatzbereit und am besten Nomade. Wenn von Leistungsträgern geredet wird, sind nicht die Menschen gemeint, die sich um die Gebrechen anderer kümmern. Die Menschen, die die Leistung fertigbringen, mit ihren Gebrechen zu leben, erst recht nicht. Wie nennt man eigentlich diejenigen, die keine Leistungsträger sind?
Die Überflüssigen?

Jede Straße ist vollgepflastert mit dem modernen Leitbild. Es ist verdammt schwer, die Werbung zu ertragen, das strahlende Lächeln der Konsum-Heroen. Bei denen alles super, wenn nicht sogar »supi« ist. Manchmal möchte man einfach reinhauen in die sprudelglücklichen Spreequellgesichter. In einer Gesellschaft, die auf Stärke setzt, gehört viel Kraft dazu, die eigene Schwäche zuzugeben. Nicht einmal Kardinal Karl Lehmann schafft das, er fehlte beim Gottesdienst des Papstes im Olympiastadion nach einer Knieoperation. Seine Begründung: Er wolle kein »Bild der Gebrechlichkeit abgeben«. Was ist an diesem Bild so schlimm? Müssen sich Gebrechliche verstecken? Ich hoffe jeden Tag, dass Wolfgang Schäuble noch lange weitermacht und vielleicht ein wenig mehr von seinem Innenleben preisgibt.
Im Herbst 2008 hat mich dieses Wort getroffen, das wie eine Waffe war. Unheilbar ist ein brutales Wort. Es ist wie Krieg, wie Einberufung. Als ich es zum ersten Mal hörte, da wollte ich mich umdrehen. Irgendwer musste da doch sein, der gemeint war. Nicht doch ich. Aber da saß niemand, es war schon richtig, ich, ich war gemeint. Unheilbar, das war der Tod, der seine Hand nach mir streckte.
Ich hatte damals keine Ahnung, was Parkinson be-

deutet. Parkinson klang wie Rollator, wie Altenheim, wie »irgendwann« klang es, nur nicht nach »heute«. Ein bisschen Wackelei, mehr war mir nicht bekannt, und viel mehr war ja auch noch nicht. Ich war manchmal im Kreis geschwommen, weil der linke Arm etwas steif war. Ich tarnte meine Hand, die manchmal zuckte. Erst nach und nach bemerkte ich, wie unheilbar unheilbar ist. Dass auch der Fuß nicht mehr ganz richtig aufsetzt, dass meine Finger nicht so wollen. Ich merkte langsam, dass mit Parkinson nicht leicht zu scherzen ist. Die »Politik der ruhigen Hand« – was für ein Kunststück.

Mit der Krankheit kamen neue Wörter in mein Leben, Fachbegriffe wie Rigor, Tremor, Hypokinese. Informationen kämen nicht bei den Muskeln an, erklärten die Ärzte, der Botenstoff reiche nicht aus, daher diese seltsamen Bewegungen. Von der Substantia nigra war die Rede, wie von einer vergessenen Zauberformel. Es ging um mein Gehirn, von dem es nun Fotos gab, als wäre es eine Attraktion.
Meine Lebenserfahrung wurde erweitert um die Ungewissheit, die wir gewöhnlich gut verdrängen. Um die Frage, wie lange ich noch Herr meiner Gliedmaßen bin, um die Frage, ob ich irgend-

wann die Sprache verliere, den Geschmackssinn, ob ich inkontinent werde, ob mein Gesicht zur Maske wird. Der Gedanke an die Krankheit ist manchmal schlimmer als die Krankheit selbst. Wäre ich ohne Diagnose so krank, wie ich mich jetzt fühle? Jeden Morgen werde ich in der Hoffnung wach, dass alles nur ein Irrtum sei.
Es ist schwer, in diesem Abschied einen Anfang zu erkennen.
Es ist nicht einfach, sich selbst zu lieben, krank, verletzt, gebrechlich, angeglotzt, unter fremder und eigener Beobachtung. Wenn man sich anders kennt und andere einen anders kennen, wenn das Wort unheilbar in einem hämmert und den Takt vorgibt. Wenn man die alten Bilder in sich trägt, sich noch sieht als Wind, der treibt, nicht als Getriebener. Wenn es sinnlos wird, die Endlichkeit zu verdrängen, wenn dir die Kinderreime einfallen, wenn bis zur Heirat nichts vorbei ist.
Heile, heile Segen? Ach, denkst du dann, ach, wenn es doch nur Regen wäre.
Niemals habe ich die Frage danach gestellt, warum es mich getroffen hat. Ohne je zu fragen, hatte ich das ganze Glück genommen, das über mich gekommen war. Hab mir die Taschen vollgehauen, mit Lebenslust, mit Liebe, mit Zärtlichkeit, mit Mauerfall, mit Westgeld, Paris, Venedig, mit

der besten Frau und wundervollen Kindern. Sie halten mich, sie halten zu mir an jedem Tag. Selbst wenn ich manchmal schwer zu halten bin. Also, warum klagen und gegen wen?
Das ist der Verstand, der so spricht, der dich mahnt, morgens, wenn Kommandeur Parkinson mit dir aufsteht, sich an den Tisch setzt, als wäre er ein gerngesehener Gast. Wenn er das Wort »lebenslänglich« haucht und dich von hinten festhält, wenn du aufstehen willst. Wenn du nicht mehr rundläufst und viel zu langsam deine Schleifen bindest. Und wenn du tanzen willst und nicht mehr kannst. Und alles erst der Anfang ist. Dann musst du Abschied nehmen von dem, der du warst, und dich neu finden. In der Einsamkeit, die in dir ist.
Der Tag, an dem ich merkte, dass meine Krankheit eine Chance ist, war jener Tag, an dem ich unter Kranken glücklich war. Es war eine merkwürdige Truppe, mit der ich da durch den Wald schoss. Ein Rollstuhlfahrer, ein Mann, der einen Schlaganfall gerade hinter sich hatte, ein Hinkefuß mit Multipler Sklerose und vorneweg ich, der Parkinese. Wir rasten auf unseren Rädern durch die Landschaft, einer schrie, der Nächste schrie. Bewegung war das pure Glück. Als wir abstiegen, staunten ein paar Passanten. Wir wackelten im

Biergarten an unsere Plätze, wir, die lustigen Invaliden. Es war so komisch, synchron zu humpeln. Scheißegal, als einer versehentlich das Bier umschmiss.

Wo war ich gelandet?

Mitte vierzig und schon unter Invaliden, in der Klinik. Ausgestattet mit dem grünen Krüppel-Pass.

Als ich eintraf in der Welt der Kranken, lag eine lange Reise hinter mir. Ich merkte, dass ich verloren hatte, was ohnehin nicht zu gebrauchen war: Hektik, Wichtigkeit, Karriere, Statusdenken und gespielte Stärke. Wozu noch Zeit sparen, als könnte ich eines Tages mit dem Tod um ein paar Stunden feilschen? Wozu noch wichtig tun, im Kreis von Wichtigtuern? Warum noch Schwäche tarnen, wenn sie nicht zu übersehen ist?

Eingetroffen bin ich, in der heilen Welt der Kranken, in der ich viele Worte nicht mehr brauche. Die heile Welt der Kranken hat ihre eigenen Regeln. Hier zählt die Stille, zählt die Zeit und zählt Berührung. Es ist eine leise Welt, weil jeder in sich hineinhören muss. Der Tag, an dem ich merkte, dass ich viel gewinne in der neuen Welt, war der Tag, als ich mich nicht mehr dagegen wehrte, dazuzugehören. Als ich nicht mehr den spielen musste, der ich einmal war. Als ich die Brüche lieben lernte. Als wir uns unsere Geschichten erzählten, unsere Abschiede und Anfänge. Wir blickten hoch zum Regenbogen und tauschten unsere Farben aus.

Da war der Mann, der fröhlich seinen Rollator erschob, da war dieser Typ mit dem Tumor, der immer die Frage des Vortages beantwortete, weil es sein Sprachzentrum erwischt hatte. Da war die Frau, die schwere Steine in ihrem Rucksack hatte. Den Krebs, die falschen Freunde und noch viel mehr. Drei Stunden lang hat sie durchgeredet, drei Stunden habe ich geschwiegen. Es war verdammt schwer, sie zum Lachen zu bringen. Aber es gelang.
Und dann der Mann im Rollstuhl. Ein Jahr lang war er nach dem Motorradunfall nicht aus dem Haus gegangen. Er hatte sich versteckt. Nun hielt er glücklich sein Kind in den Händen. Was für ein Leistungsträger.
Doch es gibt noch immer Kranke, die sich verstecken, die sich nicht trauen, offen ja zu sagen zu der Veränderung. Aber das Verstecken macht so krank, so wie die Krankheit selbst. Da war ein Mann mit Parkinson, der mit mir Tischtennis spielte, die originellsten Ballwechsel, die die Menschheit je gesehen hat. Er hatte sich ge-

schämt, als er so zitterte. Kollegen dachten, er sei Trinker.

Es kostet so viel Überwindung, sich zu erklären, etwas zu erklären, was man selbst kaum versteht. Wir Kranken sind die Störenfriede in einer Welt, die sich berauscht am Fortschritt und an der gestiegenen Lebenserwartung.

Es ist sehr einfach, in einer Welt, die Sieger liebt, Erfolgsgeschichten zu verbreiten. Wer über Schwächen reden will, muss eine eigene Sprache finden, muss Leben, Lieben ganz neu buchstabieren. Es gehört viel Kraft dazu, sich zu seiner eigenen Verletzlichkeit zu bekennen. Erst recht als Mann.

Ich habe es getan, ich habe mir Sätze aus der Seele gepresst. Die ganze Angst, die Ohnmacht, die Hoffnung, die Einsamkeit. Es musste raus. Erst nach der Reise in mein Innenleben kann ich draußen wieder gerade stehen. Und mich dem Wind entgegenstellen.

Ich habe es auch für meine Schwester getan. Sie hatte es viel schwerer.

Der Text erschien erstmals in:
Der Spiegel (53/2011).
Der Nachdruck erfolgt mit freundlicher Genehmigung des Spiegel-Verlages.